collection colombine

DES ROMANS A GRAND SPECTACLE

Un balcon en pierre sculptée où le lierre se mêle au chèvrefeuille... les rayons obliques du soleil couchant... le soupir d'un violon... les mots passionnés, murmurés au détour d'une arcade...

Non, vous ne rêvez pas, ce monde romantique est celui de Collection Colombine, un univers mystérieux et fascinant où l'Amour vous sert de guide...

4 ROMANS NOUVEAUX LE 15 DE CHAQUE MOIS

collection colombine
présente

FIEVRE A MALTE

VALÉRIE LAFARGUE

DÉCORS :

L'île de Malte, en plein cœur de la Méditerranée... ses jardins magnifiques, tels des oasis, avec leurs orangers, amandiers, et l'entêtant parfum du thym et des magnolias...

48, avenue Victor-Hugo, Paris XVIe - Tél. 500.65.00.
ISBN 2-280-05069-2
ISSN 0249-6690

CHAPITRE I

Le soleil de juillet éclaboussait le parvis de la cathédrale dont les pierres grises s'estompaient derrière l'aveuglante luminescence. Alentour, la petite place de forme arrondie semblait dormir, comme morte, figée dans l'atmosphère troublée de chaleur. Un chat noir, long et maigre, traversa une ruelle attenante d'une démarche lente et mesurée. Il marqua un temps d'arrêt, dressa une oreille, comme surpris par l'insolite silence.

Barbara n'était qu'un regard, témoin invisible qui survolait ce tableau irréel d'un lieu pourtant si familier. Vendredi matin, dernière semaine de juillet... Pourquoi connaissait-elle la date de façon si précise ?

Les boutiques étaient closes, aucune rumeur ne venait démentir cette impression d'abandon, de désert au cœur de la ville.

Dix coups d'horloge sonnèrent au clocher de l'église suivis quelques secondes plus tard d'un bruit de pas dont l'étrange résonance se répercuta contre la façade de l'édifice religieux, comme un écho.

Un homme déboucha sur la place, vêtu d'un élégant costume noir et d'une chemise blanche. Il était seul et, d'un pas à la fois résolu et nonchalant, traversa le parvis.

Barbara ignorait qui il était et pourquoi ses pas l'avaient conduit jusqu'ici. Curieusement, son visage était auréolé d'ombre, indistinct.

Il s'arrêta au seuil de la cathédrale. Comme dans un mouvement de caméra, le regard de Barbara s'approchait de lui, effleurait sa nuque, s'infiltrait en lui pour se substituer à sa propre vue...

Elle découvrait alors, avec une indicible stupeur, la nef emplie d'une foule silencieuse, luxueusement parée. A travers les vitraux, les prismes de soleil jouaient d'un scintillement discret sur les bijoux, les toilettes de soie et de satin d'un blanc immaculé.

Quelques visages se retournaient à son approche, regards furtifs, coups d'œil discrets, suivis de murmures à peine perceptibles d'excitation et de soulagement.

L'homme avançait vers l'autel, insensible au tumulte. Barbara avait l'impression de marcher à ses côtés, à un rythme identique. Peu à peu, elle se détachait de lui, subitement redevenue autonome, volait vers la mince silhouette blanche, agenouillée devant l'autel, comme noyée sous l'opulence du long voile en dentelle de Malines qui s'étalait sur les marches recouvertes d'un tapis rouge.

Une jeune mariée, seule... C'était elle-même !

L'homme, toujours méconnaissable, venait s'agenouiller auprès d'elle. Sans le regarder, elle devinait l'étrange sourire flottant sur ses lèvres.

— Barbara Sinclair, acceptez-vous de prendre pour époux Frank Hamilton ici présent ?

Il n'y avait pas de prêtre devant elle, la voix semblait irradier de la voûte, des pierres.

— Oui, répondait-elle dans une sorte de cri rauque.

Puis la cérémonie se poursuivait jusqu'à l'éclatement final de l'hymne nuptial. La foule attendait le traditionnel baiser. Barbara se tournait vers celui qui était désormais son mari, tenaillée par l'appréhension.

Ce fut comme un choc physique, brutal autant

qu'incompréhensible. Saisie de panique, elle ferma les yeux pour échapper à ce cauchemar...

Une bouche violente se posa sur la sienne, comme pour la faire taire, étouffer son cri.

Elle s'effondra sur les marches de l'autel, sa traîne étalée autour d'elle dans un soyeux désordre, telle une corolle.

Les yeux grands ouverts, dardés sur la clé de voûte, elle se mit à hurler :

— Cet homme n'est pas Frank, ce n'est pas lui !

Mais les sons s'étranglaient dans sa gorge, personne ne l'entendait...

Dans une conscience vacillante, elle se sentit saisie à la taille, emportée par deux bras puissants contre lesquels elle n'avait pas la force de lutter...

— Barbara ! Que se passe-t-il ? Je t'ai entendue crier.

Esther venait d'ouvrir la porte de sa chambre encore dans la pénombre.

— Ce n'est rien, ne t'inquiète pas... balbutia Barbara. C'était un cauchemar.

— Tu fais des cauchemars la veille de ton mariage ! s'exclama sa belle-mère en s'empressant d'aller ouvrir les lourds rideaux de velours qui masquaient les fenêtres. Le temps est magnifique, tu sais. Tu devrais te lever, il est déjà neuf heures.

Elle revint vers la jeune fille encore pâle et trempée de sueur.

— Tous ces préparatifs sont très éprouvants, n'est-ce pas ? murmura-t-elle avec une compassion quelque peu feinte. Mais après-demain, tout sera fini.

— Tout commencera, au contraire... la contredit Barbara avec une note d'anxiété. Je n'ai jamais été aussi indécise de ma vie, aussi perdue... Tout s'est passé tellement vite. Mon père...

— Ne reproche rien à ton père, la coupa brusquement Esther. Il a fait ce qu'il estimait être ton bien. Tu découvriras sans doute qu'il avait raison.

— Raison ? railla Barbara avec un sourire cynique. Raison de me soupçonner de je ne sais quel acte coupable quand je n'ai cessé de protester de mon innocence ?

Elle baissa les yeux et ramena le drap autour d'elle. A quoi bon, après tout, entretenir ce dialogue de sourds ? Le visage fermé, Esther la regarda quelques secondes avant de se diriger vers la porte.

— Un copieux petit déjeuner t'attend en bas.

— C'est inutile, je n'ai pas faim du tout.

— Angeline sera vexée.

— Je ne vais pas me forcer pour lui faire plaisir, conclut Barbara d'un ton maussade de petite fille gâtée.

Dès qu'Esther fut sortie, elle se rallongea et fixa le plafond d'un regard embué. Elle avait accordé trop de concessions jusqu'à présent, mais aujourd'hui, ses maigres victoires ne s'exerçaient que sur les détails mesquins de la vie quotidienne. En quelques semaines à peine, elle était devenue irritable, capricieuse, et sans doute souffrait-elle de cet état plus que tout son entourage.

« Je devrais partir, retourner à Paris, pensa-t-elle sans y croire un seul instant. On ne force plus les filles à se marier aujourd'hui... C'est ridicule ! »

Forcer... L'avait-on vraiment contrainte ou avait-elle couru au devant du désir de son père comme vers une planche de salut ?

Elle sortit du lit et ouvrit tout grand la fenêtre. Assise sur le rebord, les avant-bras nonchalamment accoudés sur la balustrade de fer forgé, elle laissa baigner son visage dans la chaude caresse du soleil, huma les parfums lourds et épicés du jardin épanoui sous juillet.

Elle aimait cette grande maison bourgeoise pour y avoir passé toutes ses vacances depuis sa plus tendre enfance. Chaque retour en France avait toujours été synonyme de sérénité et de solitude. Son père la laissait aller et venir à sa guise, jouer avec les enfants du quartier sur les rives du Lot ou escalader les collines, sous une chaleur torride à la recherche d'animaux inconnus. Elle n'était plus tenue d'être impeccablement vêtue, tirée à quatre épingles. Chaque été, elle retrouvait Angeline, la vieille domestique du castel, qui était devenue pour elle une sorte de fée du foyer, présence rassurante vers laquelle elle laissait voguer ses souvenirs au gré des interminables déplacements de son père.

Elle devrait quitter cette maison à présent, alors même qu'elle atteignait enfin l'âge de vivre à sa guise.

Barbara prit une douche rapide, enfila un jean et une ample blouse blanche, délibérément décontractée. Elle avait à peine descendu les trois premières marches du trop imposant escalier de chêne, qu'elle entendit la sonnerie du téléphone retentir dans le bureau de son père. Elle s'y dirigea aussitôt et décrocha.

— Allô ?

Un bref instant de silence puis une voix grave qui semblait venir de très loin :

— Je voudrais parler à Mlle Sinclair, s'il vous plaît.

L'homme avait parlé sans préambule, d'un ton autoritaire.

— Est-ce vous, Frank ? questionna Barbara avec incrédulité.

— Non, je ne suis pas Frank, la contredit son interlocuteur avec une désagréable ironie. En revanche, vous êtes bien Barbara Sinclair, je suppose.

— Oui... répondit-elle, confuse et méfiante. Qui êtes-vous ?

— Je suis un ami de Frank. Je serai bref...

— Vous avez un nom sans doute, l'interrompit-elle sèchement.

— Oui, mais je ne tiens pas à vous l'apprendre. Frank doit tout ignorer de notre conversation.

— De quoi s'agit-il ?

— Il ne viendra pas.

— Vous plaisantez.

— Nullement. Je tenais à vous prévenir pour vous éviter une… désillusion.

— Tout cela est ridicule ! s'écria-t-elle en retenant de justesse l'appareil téléphonique qu'elle avait tiré avec violence. Si Frank a un empêchement, je serai la première prévenue.

— A moins qu'il ne décide de vous laisser volontairement dans l'ignorance…

Elle se sentit oppressée mais ne put se résoudre à raccrocher.

— Je ne peux pas vous croire. Pour la dernière fois, dites-moi qui vous êtes.

— Je ne vous ai téléphoné que pour vous sauver du ridicule, mademoiselle Sinclair, articula l'homme avec une feinte déférence. Votre père, dans sa situation, verrait sûrement d'un très mauvais œil ce… contretemps, n'ai-je pas raison ?

— Les plaisanteries les plus courtes sont les meilleures, monsieur « l'inconnu » ! Si ce n'était votre fort accent étranger, je pourrais croire à un règlement de comptes. Mon père a de nombreux adversaires politiques et…

— Mais que m'importe votre père ! l'interrompit la voix où perçait une pointe d'exaspération. Votre futur époux ne viendra pas, c'est tout ce que j'avais à vous dire. A vous d'en tirer les conclusions qui s'imposent.

— Vous êtes un mauvais plaisant et votre lâcheté n'a d'égal que votre mauvais goût.

— Nous n'aurons sans doute jamais l'occasion de nous rencontrer, mademoiselle, dit l'homme sans relever cette dernière et virulente réplique. Mais… Je suis sincèrement désolé pour vous, croyez-le.

Il raccrocha aussitôt sans qu'elle ait eu le temps d'ouvrir la bouche.

Barbara laissa lentement glisser le combiné de sa

main, les yeux rivés sur les motifs du tapis persan étalé sous ses pieds. Beaucoup plus ébranlée qu'elle ne l'avait laissé paraître, elle imagina mille issues plus fantasques les unes que les autres sans pour autant parvenir à une certitude.

Si l'homme avait menti, il était un excellent comédien et sa froideur calculée ajoutait encore à sa sincérité. Mais qui aurait pu avoir l'idée d'une plaisanterie si ridicule et si grave ? Et s'il n'avait pas menti...

Son étrange cauchemar nocturne lui revint en mémoire : elle croyait épouser Frank mais un autre homme, un inconnu sans visage s'était substitué à lui...

Un frisson glacé lui parcourut la colonne vertébrale. Les joues brûlantes, elle ferma les yeux comme sous le coup d'une gifle magistrale. Son rêve et ce mystérieux appel téléphonique ouvraient une brèche qu'elle ne réussirait pas à combler. Depuis plusieurs semaines d'insomnie et d'anxiété, elle n'avait vécu qu'avec une seule certitude, un point de repère unique : Frank l'aimait et elle allait vivre avec lui.

Elle se tenait toujours dans le bureau, pétrifiée, lorsqu'Esther passa dans l'entrée et vit la porte entrouverte. Elle remarqua la mine pâle et défaite de sa belle-fille, son petit visage triangulaire perdu dans l'opulence de sa longue chevelure auburn.

— Une mauvaise nouvelle, Barbara ? questionna-t-elle en la tirant de ses songes.

— Non, non. C'était un faux numéro.

— Tu as l'air bien troublée, cependant.

— Allons donc ! Tu as trop d'imagination, Esther, plaisanta Barbara en se forçant à sourire et en faisant briller ses grands yeux dorés et félins d'un éclat presque joyeux. J'allais justement prendre une tasse de café. Me tiendras-tu compagnie ?

D'une démarche décontractée, elle s'approcha de la jeune femme et l'entraîna par le bras vers la salle à manger. Esther avait une quinzaine d'années de plus qu'elle mais la différence d'âge ne suffisait pas à expliquer cette distance polie, la quasi-indifférence qu'elles avaient entretenue l'une envers l'autre. Le récent mariage d'Antoine Sinclair avec Esther Larroque n'avait fait que concrétiser l'immuable distance entre le père et la fille et Barbara s'était sentie doublement déplacée au cœur de cette nouvelle situation familiale. Sans pour autant en vouloir à Esther, elle ne pouvait cependant se rapprocher d'elle spontanément.

La journée entière, puis le lendemain s'écoulèrent, sans apporter aucun changement dans l'esprit enfiévré de Barbara.

Elle simulait une insouciance quelque peu indolente et parvenait sans peine à tromper ses proches, peu avides en vérité de partager ses peines ou ses joies.

Le jeudi soir, veille de la cérémonie, Antoine Sinclair, sa femme et sa fille, furent invités chez l'un des plus gros commerçants de Cahors en compagnie de quelques autres notables. Barbara, que ce dîner ennuyait au plus haut point, réussit à s'y dérober en prétextant la fatigue et son besoin d'être seule la veille du grand jour.

Après avoir avalé un léger dîner, servi par Angeline, elle se retira au salon et, dans la semi-obscurité, s'allongea sur le moelleux divan de velours sombre. Par les portes-fenêtres lui parvenaient les envoûtantes senteurs de cette soirée d'été, uniquement troublée par le chant des grillons et l'imperceptible bruissement des ailes des papillons de nuit.

Si tout se déroulait comme prévu, Frank serait là dans moins de douze heures... Trois mois s'étaient écoulés depuis leur dernière rencontre à Paris, suivie par un échange de missives de moins en moins lyriques. Il avait fallu convenir de la date du mariage et s'occuper des lourds préparatifs. Entraînée par le caractère décisif de son père et l'exubérance de sa belle-mère, Barbara ne s'était plus guère interrogée sur ses propres désirs.

Elle perçut vaguement un bruit de pas sur les graviers de l'allée circulaire qui contournait la grande demeure. Les sens en alerte, elle se redressa. Le jardin baigné de lune offrait un étonnant et inquiétant contraste avec le salon noyé dans l'obscurité.

— Qui est là ? questionna-t-elle d'une voix étouffée.

Une haute silhouette se profila dans l'embrasure de la porte-fenêtre.

— Excusez cette intrusion nocturne, énonça une voix teintée d'un léger accent étranger. J'ai sonné mais comme personne ne venait m'ouvrir, je me suis décidé à entrer.

Barbara restait figée, seule sa blouse de couleur claire permettait de la localiser.

— Que voulez-vous ?

— Etes-vous Barbara Sinclair ?

Cette voix... La façon qu'il avait de prononcer son nom...

— C'est donc vous qui m'avez appelée au téléphone hier matin ?

— Bravo ! Quelle perspicacité !

— Qu'êtes-vous venu faire jusqu'ici ? Me poursuivre encore avec vos ridicules mises en garde ?

— Mises en garde ? Je préférerais le terme d'information. En avez-vous tenu compte ?

— Sortez ! ordonna-t-elle d'un ton rageur. Il faut vraiment que vous ayez eu une idée très précise en tête pour vous déplacer jusqu'ici.

— Pas vraiment. Je n'avais que quelques heures à perdre. Vous m'intriguez à vrai dire.

— Comment cela ?

— Une femme qui s'attache à Frank au point de vouloir l'épouser vaut le détour. Je ne voulais surtout pas manquer l'unique occasion de faire votre connaissance.

Barbara serra les poings, comme prête à bondir sur lui.

— Je n'ai pas encore eu l'honneur de voir votre visage, ajouta-t-il avec un rire léger et moqueur. Vous devriez allumer une lampe.

— Moi je ne tiens pas à vous connaître. Disparaissez ou j'appelle le gardien pour qu'il vous jette dehors.

— Charmante perspective. Mais je ne suis plus un gamin, on ne me renvoie pas si facilement.

Il s'approcha de quelques pas vers elle, jusqu'à la frôler et se pencha légèrement. Instinctivement, elle fit un pas en arrière et heurta un guéridon de bois.

— N'ayez pas peur, railla l'inconnu en la retenant par le poignet. Je voulais simplement trouver l'interrupteur de cette petite lampe.

La lumière jaillit sous l'abat-jour rouge sombre. Un jet lumineux éclaboussa leurs visages, tel le reflet d'une flamme. Barbara demeura saisie, incapable de se dérober à l'éclat énigmatique du lumineux regard braqué sur elle.

— Je vous imaginais plus banale, dit-il au bout de plusieurs secondes. Frank avait omis un détail dans la description qu'il m'a faite. Vous êtes très belle.

— Vous n'êtes pas ici pour débiter ce genre de platitudes, je suppose, se força-t-elle à répondre d'une voix quelque peu altérée.

Un sourire moqueur se dessina sur les lèvres de l'inconnu. Comme saisie de fièvre, Barbara tressaillit et se détourna, furieuse d'être sensible au mélange de sensualité et d'arrogance qui émanait de lui.

— Ne restez pas debout ainsi, balbutia-t-elle en levant le visage vers lui. Asseyez-vous.

— Vous avez donc abandonné l'idée de me jeter dehors. Pourquoi donc ?

— Vous me devez une petite explication, vous ne croyez pas ?

— Je ne dois jamais rien à personne, mademoiselle Sinclair, articula-t-il d'un ton sévère. Vous avez peut-être l'habitude de distribuer des ordres mais moi je suis ici de mon plein gré.

Surprise par cette réplique un peu trop virulente, elle prit une cigarette dans l'étui posé sur la table basse et l'alluma d'une main tremblante.

— Frank sera ici demain matin. Vous êtes venu pour le rencontrer, je suppose ?

— Vous aimez décidément vous fourvoyer, répliqua-t-il avec un geste d'impatience. J'ai quitté Frank il y a deux jours à peine et je peux vous assurer qu'il n'avait aucunement l'intention de se rendre en France.

Elle s'assit à son tour, face à lui, et croisa nerveusement ses longues jambes fuselées.

— Vous ne voulez donc pas en démordre ! J'ignore quelles sont vos relations avec Frank mais je doute sincèrement qu'il ait pu se confier à vous. Vous ne l'aimez pas beaucoup, n'est-ce pas ? Vous avez décidé de faire échouer son mariage.

— Vous êtes trop romanesque, mademoiselle, la contredit-il avec une voix hautaine. Je suis en effet rarement d'accord avec la conduite de Frank. Mais je n'agis pas par altruisme ou par pure bonté d'âme, sachez-le.

— Alors, pourquoi vous intéresser à moi ?

— Pas à vous plus qu'à une autre. Frank a toujours eu une vie trop belle et trop facile. En ce qui vous concerne, il a eu le tort de vous mésestimer et... le jeu est allé un peu trop loin à son gré.

— Vous parlez du mariage ? Il était d'accord.

— Frank aime se brûler les ailes et frôler de près ce qu'il appelle pompeusement des « dangers ». Vous avez eu l'avantage durant quelques mois et votre hâte l'a pris de court.

— Je ne vous crois pas, articula Barbara redevenue subitement très calme. Votre portrait est trop « parfait ». Vous manquez de subtilité et je connais assez Frank pour...

— Vous l'avez vu une dizaine de fois depuis six mois et vous prétendez le connaître !

L'homme éclata d'un rire à la fois cynique et douloureux.

— J'ignore comment vous avez été élevée, mademoiselle Sinclair, mais vous manquez singulièrement de discernement.

— L'amour me suffit, c'est une certitude en soi. Pardonnez-moi de n'avoir pas votre froideur aigrie.

— Vous l'aimez réellement ?

— Je ne vais pas vous raconter mes états d'âme !

— C'est inutile en effet, on lit sur votre visage comme à livre ouvert... Vous avez été élevée comme les jeunes filles de bonne famille au siècle dernier et vous êtes toujours parvenue à éviter l'assaut des questions et des incertitudes. On vous a montré le chemin à suivre et vous vous y engagez les yeux fermés pour ne pas avoir peur.

— Quel grand psychologue ! railla-t-elle avec amertume. Je ne vivais déjà plus chez mon père lorsque j'ai rencontré Frank. J'étais libre.

— Oui... Libre d'épouser le premier venu.

— Frank Hamilton est loin d'être le « premier venu », permettez-moi de vous le faire remarquer. Son père est connu dans l'Europe entière.

— Vous vous mariez dans votre milieu, évidemment...

Il laissa ses yeux vert d'eau errer dans le vague. Barbara se surprit à contempler son profil racé, acéré, le creux de ses joues encore accentué par le hâle de sa peau. Ses cheveux étaient-ils auburn comme les siens ou n'était-ce que le reflet de la lampe rouge et tamisée ?

— De quelle nationalité êtes-vous ? questionna-t-elle soudain.

— Je suis maltais. Par ma mère en tout cas...

— Puis-je connaître votre nom à présent ou tenez-vous toujours à garder l'anonymat ?

— Je m'appelle Dorian Venza.

— Dorian... C'est un prénom anglais.

— Oui. Malte fut une colonie anglaise pendant plus d'un siècle et demi.

— Vous vivez là-bas ?

— Quand je ne voyage pas, oui.

La conversation prenait un tour trop anodin et Barbara ne put s'empêcher de revenir au centre de ses préoccupations.

— Parlez-moi de Frank, je vous en prie. Depuis combien de temps le connaissez-vous ?

— Des années. Nous ne nous sommes pratiquement pas quittés depuis l'adolescence.

— Vous étiez amis d'enfance ?

— Pas vraiment, non, répondit Dorian avec un froid rictus. Disons que je lui ai été... imposé...

Elle sentait en lui une rancœur sous-jacente, un imperceptible accent d'amertume ou de haine. Il la fixait à nouveau. Elle était comme engourdie, hypnotisée, par ce regard si lourd malgré l'étrange clarté de ses iris vert clair. Cette bouche sensuelle, irrésistible, vers laquelle ses yeux revenaient sans cesse...

« J'ai rêvé de vous, songea-t-elle au cours du long silence qui suivit. Je *savais* que Frank ne viendrait pas et... vous étiez là, à sa place... »

Les mots restèrent dans sa gorge, emprisonnés dans le secret de son cœur de jeune fille trop romantique.

— Bien, murmura-t-elle enfin. Je crois que nous n'avons plus rien à nous dire. Si Frank ne vient pas demain, je serai obligée de convenir que vous aviez raison. Mais ce sera sûrement très pénible.

— Alors pourquoi ne m'accordez-vous aucune

confiance maintenant ? Cela vous éviterait l'humiliation...

— C'est plus fort que moi, je suis désolée. J'ai axé toute ma vie sur ce mariage, je ne peux pas envisager qu'il en aille autrement.

— Mais quel âge avez-vous donc pour être si bornée ? Vous parlez avec un fatalisme insupportable ! Que représente Frank pour vous ?

— Le commencement d'une existence nouvelle, mon départ définitif de cette maison et... le fait d'être aimée...

— Très touchant en vérité. Je me suis trompé en croyant vous aider, je ne peux rien pour vous.

Il se leva, passa une main longue et fine dans ses cheveux et lui adressa un léger signe de tête. Dans l'échancrure de sa chemise vert sombre, Barbara vit briller un anneau d'or au bout d'une chaîne.

— Adieu, mademoiselle Sinclair, dit-il en lui tendant la main. Au revoir, plutôt... Peut-être le hasard nous remettra-t-il en présence l'un de l'autre, on ne sait jamais.

— Vous... Vous êtes en voiture ? demanda-t-elle, électrisée par le contact de cette paume chaleureuse et vibrante.

— Oui, je l'ai laissée devant la propriété.

Il n'avait toujours pas lâché sa main et l'attira vers lui, très doucement. Leurs corps, leurs visages étaient comme aimantés l'un vers l'autre. Tous les principes, toutes les défenses de Barbara fondirent en une seconde. Une onde de plaisir la traversa, furieuse et impérative à la fois, lorsque la main de Dorian effleura sa joue puis le creux de son cou. Comme aux prises avec les délices d'une douce ivresse, elle poussa un soupir de bien-être et renversa son visage en arrière. Ses lourdes boucles rouge sombre glissèrent de ses épaules, dévoilant le hâle de sa peau à peine recouvert par de courtes manches de dentelle. Les lèvres de Dorian effleurèrent les siennes pour se dérober aussitôt et revenir avec plus de violence. Barbara eut le sentiment confus d'être emportée par un tourbillon de volupté. Incapable de se reconnaître, elle n'était plus qu'un corps assoiffé de l'autre, libéré de toute entrave. Une main brûlante posée au creux de ses reins lui arracha un gémissement de plaisir mais Dorian la lâcha aussitôt et recula de quelques pas, comme ivre.

— Frank est un idiot... murmura-t-il au bout de plusieurs secondes.

L'évocation de son fiancé la fit se raidir. Un rideau de fer s'abattit entre eux.

— Bonsoir, articula-t-elle d'une voix faussement calme.

Ses grands yeux dorés avaient pris un éclat glacial et coléreux. Dorian esquissa un sourire amusé puis, saisissant sa veste posée sur le divan, se retourna et sortit dans le jardin sans ajouter une seule parole.

CHAPITRE II

Une fois seule, Barbara eut l'impression d'émerger de cet inexplicable trouble dans lequel l'avait précipitée la présence de Dorian. Elle se sentait ivre, dépossédée d'elle-même, ravie par un inconnu aux yeux trop verts. Sous quel étrange pouvoir était-elle tombée pour s'oublier à ce point ?

Et demain...

Comme si la tension de tous ses membres se relâchait soudainement, elle se laissa glisser dans un fauteuil, replia un bras alangui sur son visage.

— Je ne voulais pas faire une fausse sortie mais malheureusement les grilles sont fermées à clé.

Elle sursauta, se redressa avec la vivacité d'un éclair. Dorian était à nouveau devant elle.

— Oui... J'aurais dû y penser. Le gardien ferme tout après dix heures.

— Où puis-je le trouver ?

— Il se couche très tôt. Il est inutile de le réveiller, j'ai la clé.

Elle se dirigea vers le hall d'entrée.

— Attendez-moi ici, je vais la chercher.

Quand elle revint une minute plus tard, elle avait eu le temps de se recomposer une expression à peu près indifférente mais l'éclat de désir qu'elle lut dans le regard de Dorian détruisit aussitôt son masque savamment construit.

— Pourquoi étiez-vous seule ce soir ? questionna-t-il sans montrer la moindre velléité de départ.

— Mon père et sa femme sont sortis. Ils ne vont sans doute pas tarder à revenir d'ailleurs...

— Mais nous pouvons poursuivre ce charmant tête-à-tête en attendant, non ?

— Vous... Vous retournez à Malte ? demanda-t-elle en feignant de n'avoir pas compris sa suggestion.

— Non. Je dois rentrer à Paris. J'ai simplement profité d'une escale dans votre capitale pour effectuer un petit détour par Cahors.

— Les distances ne vous font pas peur, apparemment.

— Et je ne regrette pas ce voyage, mais simplement le fait de devoir écourter ma visite.

— Je vais vous ouvrir la grille, trancha-t-elle d'un ton sec.

Elle se dirigea vers la porte-fenêtre mais ne put avancer davantage. Dorian lui avait barré la route, un sourire amusé au coin des lèvres.

— Laissez-moi passer. Vous n'avez plus l'âge de ces gamineries.

— Gaminerie ? Il serait temps pour vous d'apprendre que ce qualificatif ne convient guère au désir d'un homme, mademoiselle Sinclair. Ni même au vôtre d'ailleurs...

— Je... Je ne sais pas ce qui m'a prise tout à l'heure, balbutia-t-elle d'une voix saccadée. Oubliez cela, je n'étais pas dans mon état normal.

— J'ai bien vu. Mais j'ai appris ce que je voulais savoir.

— Quoi donc ?

— Vous n'êtes pas plus attachée à Frank qu'à un autre.

— C'est faux !

— Peut-être. Mais au moins, vous saurez qu'il n'y a pas qu'un seul homme sur terre.

— Je ne comprends pas.

— Vous parliez tout à l'heure comme si votre vie allait être gâchée si Frank n'arrivait pas. Vous vous apercevrez désormais que la vie offre d'autres plaisirs qu'un mariage hâtif avec le premier venu.

— Taisez-vous !

— Il n'y a qu'un seul moyen de me faire taire... murmura Dorian en se penchant vers elle.

Il s'empara de ses lèvres avec une violence à peine contenue. Affolée, Barbara ferma les yeux et lui offrit toute l'ardeur avide de son jeune corps contre le sien. Dans sa conscience, ce ne fut plus qu'un grand bruissement d'ailes, les ailes géantes et blanches d'un oiseau qui s'élançait vers le zénith.

— Tiens ! Quelle surprise ! s'exclama une forte voix masculine.

Du plafonnier de cristal jaillit une aveuglante lumière. Brusquement ramenée à la réalité, Barbara s'éloigna de Dorian et vacilla légèrement avant de se tourner vers son père.

Antoine Sinclair et Esther se tenaient debout devant la double porte de bois sombre et contemplaient la scène avec un amusement attendri.

— Oh... Papa... balbutia Barbara en réajustant son chemisier à moitié ouvert. Je ne vous attendais pas si tôt.

Ses lèvres encore gonflées et rouges contrastaient avec sa pâleur soudaine. Elle tourna son regard d'or vers Dorian comme pour lui lancer un appel au secours. Lui était resté très calme, le visage indéchiffrable.

— Papa, Esther, je vous présente... commença-t-elle d'une voix raffermie.

— Les présentations sont inutiles ! s'exclama son père avec bonhomie. Très heureux de faire votre connaissance, monsieur Hamilton !

Il s'approcha de Dorian. Barbara ferma les yeux, elle aurait voulu disparaître sous terre. Quand elle osa les rouvrir, elle vit Dorian serrer chaleureusement la main de son père, un large sourire aux lèvres. Il lui jeta un bref coup d'œil interrogateur auquel, presque malgré elle, elle répondit par un imperceptible hochement de tête.

— Enchanté, monsieur Sinclair, dit-il alors d'une voix parfaitement assurée.

Il s'approcha d'Esther et lui baisa la main avec un étonnant naturel. « Frank n'aurait pas mieux fait », songea Barbara qui eut soudain l'impression d'être devenue un personnage de fiction.

Elle et Dorian s'étaient laissé prendre dans un engrenage auquel ils ne pourraient plus échapper.

— Nous ne vous attendions pas ce soir, Frank ! reprit Antoine Sinclair en ôtant sa veste. Vous permettez que je vous appelle par votre prénom ?

— Bien sûr, murmura Dorian avec un énigmatique sourire. Oui, je... j'ai réussi à gagner quelques heures. J'étais si impatient de revoir Barbara...

Il vint vers elle et posa une main possessive, trop amoureuse, sur sa nuque. Elle tressaillit. Jusqu'où cette usurpation d'identité allait-elle les conduire ?

— C'est beaucoup mieux ainsi, lança Esther qui n'avait encore rien dit. Je vais vous faire préparer une chambre.

— Oh mais Angeline doit dormir, fit remarquer Barbara. Je m'en occuperai Esther. Do... Frank s'installera dans la chambre du fond.

Elle se mordit la lèvre et craignit que son hésitation n'eût inquiété son père. Sur sa nuque brûlante, les doigts de Dorian se crispèrent légèrement. Sinclair avait sorti quelques bouteilles du bar.

— Buvons donc à vos retrouvailles et à votre union maintenant si proche ! Aimez-vous le cognac, Frank ?

— Volontiers mais très peu, je vous remercie.

A son tour, Barbara prit le verre que lui offrait son père et le porta à ses lèvres en tremblant.

— Que fait cette clé à terre ? demanda Esther en se dirigeant vers l'objet brillant sur le tapis.

— Heu... Je m'apprêtais à aller ouvrir le portail pour que Frank puisse rentrer sa voiture. Nous irons tout à l'heure.

Antoine Sinclair, un quinquagénaire grand et sec aux tempes argentées, parut remarquer subitement le trouble de sa fille.

— Que se passe-t-il, fillette ? demanda-t-il gentiment. Tu as l'air bien nerveuse. Est-ce l'arrivée impromptue de Frank qui te met dans cet état ?

— Un peu... concéda-t-elle avec un sourire forcé. Tout est si soudain...

— Soudain ? Mais le mariage est prévu depuis trois mois déjà, bien que vous ne vous soyez pas fiancés en grande pompe.

— Oui, bien sûr...

Elle baissa les yeux, la main sur son cou se fit plus douce, caressante.

— J'étais un peu tendue tous ces jours-ci, avoua-t-elle à mi-voix. L'idée qu'il arrive au dernier moment...

— N'est-ce pas plus romantique ainsi ? questionna Dorian en la forçant à le regarder. La vie manque de surprise aujourd'hui. J'ai la merveilleuse impression de vous enlever alors que vous vous apprêtiez à en épouser un autre...

Le double sens de ces paroles la fit frémir d'inquiétude mais elle n'osa pas répliquer. Ne venait-elle pas, cinq minutes plus tôt, d'accepter de jouer cette étrange comédie ?

— C'est curieux, intervint Esther en s'asseyant sur le confortable divan. Je ne vous imaginais pas du tout ainsi, d'après les descriptions de Barbara.

Son œil inquisiteur, son souple corps de poupée

moulé dans un fourreau noir, lui donnaient l'air d'un ange du malheur.

— Vraiment ? répliqua Dorian en s'éloignant de Barbara. Qu'a-t-elle bien pu vous raconter ?

— Que vous étiez très séduisant, et je dois en convenir. Mais vous aviez les cheveux châtain clair et non acajou.

Barbara faillit laisser tomber son verre. Elle ne savait que penser mais l'idée que la supercherie soit subitement dévoilée la mit étrangement mal à l'aise.

— Ne me forcez pas à avouer que je porte une perruque ! s'exclama Dorian en affectant un air honteux.

Cette boutade fit sourire Esther sans pour autant l'obliger à lâcher prise.

— Et vos « grands yeux noirs et envoûtants », qu'en avez-vous fait ?

— Ah... Là, je vous prends en flagrant délit d'interprétation personnelle, reprit-il avec une étonnante conviction. Barbara a peut-être parlé d' « envoûtement » et votre esprit a immédiatement attribué cette qualité à la couleur noire. N'ai-je pas raison ?

— Si... Peut-être, balbutia Esther enfin désarmée. J'aurais juré pourtant...

— Laissons tomber ces détails, intervint Antoine Sinclair en humant son cognac. La touchante scène à laquelle nous avons assisté tout à l'heure ne peut nous faire douter de l'identité de Frank.

Il éclata d'un rire franc, Dorian sourit avec un angélisme surprenant. Les rides légères qui accentuaient encore la finesse de son visage émacié dénonçaient la trentaine. Trente-trois, trente-quatre ans tout au plus. Il n'était pas beaucoup plus âgé que Frank et Barbara puisa dans cette similitude un semblant de confort.

— Comment se porte votre père ? interrogea Sinclair après avoir levé son verre au bonheur des futurs époux.

— Oh... Vous le connaissez ?

— Nous nous sommes croisés à un cocktail à l'Ambassade d'Angleterre, il y a plusieurs années de cela. Il ne vous l'a pas confié ?

— A vrai dire, je n'ai pas vu mon père depuis plusieurs mois. Il était sans cesse en voyage et moi de même. Nous nous sommes croisés plusieurs fois mais jamais plus d'une heure.

— Vous lui avez tout de même annoncé votre mariage ?

— Je préfère lui faire la surprise, avoua Dorian sans se départir de son aplomb. Dans quelques jours, nous le retrouverons à Malte.

— Quelques jours ? répéta Barbara vivement inquiète. Mais... Ne devions-nous pas prendre l'avion aussitôt après la cérémonie ?

— Bien sûr, ma chérie. Mais mon père ne reviendra à la maison que plus tard.

Une foule de questions sans réponses se pressaient dans l'esprit enfiévré de la jeune femme. N'était-ce que pure invention ou connaissait-il réellement la vie de famille des Hamilton ? Peut-être était-il très proche de Frank. Cette hypothèse lui procura une sensation de vertige. Frank... Pourquoi son image s'estompait-elle tout à coup ?

Une heure s'écoula en bavardages plus ou moins anodins. Dorian animait la conversation avec une désinvolture surprenante et très vite, Antoine comme Esther furent sous le charme. Il était minuit passé lorsqu'ils se retirèrent enfin.

— Bonsoir, ma chérie, dit Sinclair en embrassant sa fille. Me voilà rassuré, murmura-t-il d'une voix plus basse. On m'avait raconté qu'il était un peu...

— Il fallait t'en assurer avant, l'interrompit-elle avec hostilité.

— Avant quoi ?

— Avant de me forcer à l'épouser !

— Ne sois pas idiote. Cet homme t'aime et vous vous convenez parfaitement, je l'ai compris tout de suite en arrivant.

Il pinça légèrement la joue de sa fille et sortit derrière Esther.

— Quelle perspicacité, mon cher père, railla-t-elle sans qu'il pût l'entendre.

— « Tel est pris qui croyait prendre... » énonça Dorian avant d'éclater de rire.

Barbara fit volte-face et marcha vers lui.

— N'avez-vous rien d'autre à proposer qu'une ridicule citation de proverbe ?

— A proposer ? Que voulez-vous dire ?

— Il faut trouver une solution pour nous sortir de là. J'ai manqué de courage tout à l'heure, je l'avoue mais...

— Si vous estimez avoir fait preuve de lâcheté, vous l'avez en tout cas assumée jusqu'au bout. Pourquoi ne pas continuer ?

— Mais vous êtes fou ! Si Frank arrive demain matin... Je préfère encore ne pas envisager cette hypothèse.

— Soyons sérieux, Barbara. Vous commencez enfin à croire qu'il ne viendra pas. Pensez-vous réellement que je me serais prêté à cette comédie si j'avais appris l'arrivée imminente de Frank ?

— Non, évidemment.

— La question que vous n'osez formuler est plus importante, n'est-ce pas ?

— Que voulez-vous dire ?

— Vous vous demandez comment vous avez pu accepter de me faire passer pour votre fiancé...

— C'est vrai... confessa-t-elle d'une voix sourde. C'est idiot. J'ai agi comme une gamine prise en faute.

— Oui, vous avez tremblé devant votre père, craint son jugement.

D'un pas nerveux, elle arpentait la pièce de long en large.

— Vous allez repartir immédiatement, dit-elle enfin. Je prétendrai que vous avez été appelé pour une affaire urgente, qui ne souffrait aucun retard.

— Et le mariage ?

— Il sera remis à plus tard, puis annulé. Je simulerai l'affliction, le désespoir, l'abandon. Mon père n'osera pas insister.

— Doucement... s'écria Dorian d'un air offusqué. Si je vous abandonne « lâchement », vous avez le beau rôle ! Mais ma réputation est en jeu, ne l'oubliez pas. Vous en disposez trop à votre aise.

— *Votre* réputation ? Jusqu'ici, vous n'existez pas dans toute cette histoire, je vous le rappelle. Il s'agit encore de Frank.

— Soyez réaliste. Le subterfuge sera vite dévoilé. Les activités diplomatiques de votre père lui ont déjà fait parcourir le monde entier. Il rencontrera forcément Frank un jour ou l'autre.

— Il y a peu de chances. Depuis son remariage, mon père a décidé de rester en France. Il est député du Lot et passe la majeure partie de son temps à Cahors.

— Le risque n'en demeure pas moins réel.

— En tout cas, vous allez partir. Je vais tout dire à mon père, je crois.

Elle marchait déjà vers la porte quand la voix impérieuse de Dorian l'arrêta net.

— Ne vous conduisez pas comme une idiote. Vous aimez décidément vous faire passer pour une irresponsable.

— Je vous dispense de vos commentaires pleins de fiel.

— J'ai une autre proposition à vous soumettre, reprit-il d'un ton adouci. Voulez-vous l'entendre ?

— De quoi s'agit-il ?

— Asseyez-vous.

Elle s'exécuta de mauvaise grâce, secrètement impatiente.

— Désirez-vous toujours épouser Frank ?

— Oui.

— Réfléchissez bien car tout mon plan dépend de votre volonté.

— Je n'ai jamais envisagé autre chose, reprit-elle parfaitement consciente de dissimuler sa soudaine hésitation derrière une réponse ambiguë.

— Bon. Alors, voilà. Puisqu'il ne sera pas là, vous m'épouserez à sa place. Je serai son représentant en quelque sorte.

— Mais... C'est impossible.

— Pourquoi ? Personne ne me connaît ici. Frank a probablement déjà fourni tous les papiers nécessaires à votre union.

— Oui. Mais il faut un témoin.

— Un témoin ? Il ne sera pas difficile d'en trouver un ! On ne compte plus les couples qui se marient en demandant à un passant, un inconnu, de témoigner de leur identité. Personne ne mettra en doute la parole de celui que vous aurez choisi.

— Vous voulez dire... Je dois moi-même chercher ce témoin ?

— Ce n'est pas sorcier. Demandez à votre cuisinière.

— Mais, c'est illégal.

— Peu importe ! Ce subterfuge vous épargne un nouveau conflit avec votre père. Je pense surtout à lui, d'ailleurs. Je suppose qu'il n'apprécierait pas beaucoup que vous le ridiculisiez. Et l'annulation serait pour lui synonyme d'humiliation.

— C'est exact, malheureusement... balbutia Barbara d'une voix éteinte.

Quand se libérerait-elle enfin de l'emprise et de la pression morale qu'exerçait Antoine Sinclair sur elle ? Elle imagina les invités de marque, la ville en liesse, et la réaction de son père au moment du scandale, lui pour qui toute entorse à l'étiquette ternissait son image d'homme public respecté et considéré.

— Frank sait pourtant qui est mon père. Il ne peut avoir pris notre mariage avec une telle légèreté...

— C'est un gamin, vous l'apprendrez bien assez tôt...

— Taisez-vous. Vous essayez encore de le diminuer à mes yeux.

— Vous vous trompez, la contredit-il avec une étrange douceur. J'espère seulement que vous êtes bien la femme qui lui convient et qu'il ne vous fera pas trop souffrir.

— Peu m'importe vos espérances, elles ressemblent à des condoléances. Gardez-les pour vous ! Frank vous croit sûrement son ami, il ignore la piètre opinion que vous avez de lui.

— Je n'ai jamais eu besoin de la lui dire.

Désorientée, épuisée par ses incessantes allées et venues, Barbara se laissa tomber sur le tapis, les genoux repliés sous son menton.

— Et une fois devenue « Madame Hamilton », que se passera-t-il ?

— Nous partirons à Malte, comme prévu initialement. Et je vous remettrai à Frank.

— Merci du vocabulaire employé. Je ne suis pas un colis encombrant ! Mais si Frank n'a pas voulu m'épouser, il contestera le mariage, le fera annuler.

— Qui sait ? Il appartient à ce genre de personnes qui préfèrent se retrouver devant le fait accompli. Si vous le rejoignez là-bas, peut-être se décidera-t-il à vous épouser réellement...

— Vous croyez ? questionna Barbara avec un nouvel espoir.

— Je ne peux pas vous répondre à sa place. J'ignore la vraie personnalité de Frank. Il désirait sans doute sincèrement vous épouser mais... il a eu peur, au dernier moment.

— Où est passée votre virulence ? Vous voilà bien nuancé à présent.

Inexplicablement, elle devina une faille secrète dans l'assurance de Dorian. Le regard voilé qu'il lui jeta lui fit l'effet d'une confession secrète et douloureuse.

— Disons simplement que je suis curieux de savoir jusqu'où il peut aller, murmura-t-il enfin au bout de plusieurs secondes d'un épais silence.

— Et vous allez vous servir de moi pour cela ? insista-t-elle sans parvenir à lui en vouloir.

— Je vous rends service également. Enfin, peut-être...

— Et s'il me rejette ?

— Vous êtes majeure, Barbara. Il est temps que vous viviez selon vos propres règles et non celles de votre père. Disons simplement que les Hamilton vous offrent un petit séjour sur l'île de Malte. Vous pourrez toujours ensuite rentrer en France et reprendre vos études. Vous appreniez l'histoire, c'est cela ?

— Oh... Je n'ai pas été très assidue aux cours. Ce n'était pas sérieux.

— Je vois... Vous étiez persuadée de vous marier rapidement et vous vous prépariez tranquillement à rencontrer le Prince Charmant.

— C'était le vœu de mon père et non le mien, avoua-t-elle d'une voix étouffée. Je... Tout s'est passé très vite.

— Pourquoi tant de hâte ?

— Cela ne vous regarde pas !

— Vraiment ? Alors, laissez-moi deviner...

— Je vous le défends ! C'est mon père qui a insisté. Moi, je n'étais pas prête et je connaissais si mal Frank...

Cet aveu à peine déguisé parut l'émouvoir.

— J'ignorais ce détail, dit-il en allumant une longue cigarette de tabac brun. Vous paraissiez pourtant si impatiente. Vous n'avez jamais fait allusion à une quelconque pression exercée sur vous dans vos lettres.

— Vous les avez lues ?

— Frank me les a montrées.

— Il n'en avait pas le droit.

— Vous le lui direz vous-même. Acceptez-vous toujours ma proposition ?

— Oui. Même si mon père m'a poussée dans cette voie, j'ai fini par me plier à ses arguments.

— Pauvre petite fille trop choyée mais mal aimée... se moqua-t-il sans gentillesse.

— Assez ! s'exclama Barbara. J'espère que vous vous conduirez avec un peu moins de détachement demain. Les invités s'attendent à rencontrer le fils de Richard Hamilton et non un... un...

— Oui ? Poursuivez. De quoi ai-je l'air à votre avis ?

Malgré son calme apparent, une tension presque palpable s'était installée entre eux et Barbara se rendait compte tout à coup de l'indicible danger que Dorian représentait à ses yeux.

— Je... Je ne voulais pas être désagréable ou méprisante. J'ignore qui vous êtes en vérité mais... lorsque je vous regarde, j'ai l'impression que vous êtes un volcan prêt à entrer en éruption alors qu'on le croyait définitivement éteint.

— Amusant. Dédiez-vous ce genre de métaphore poétique à chacune de vos connaissances ?

— Nullement, répondit-elle avec, pour la première fois, un large sourire sur ses lèvres pulpeuses. Sans doute m'inspirez-vous particulièrement.

— Attention à ce que vous dites... Et montrez-moi ma chambre avant que je m'installe dans la vôtre.

La chaleur était déjà à peine supportable le lendemain matin, lorsqu'une foule compacte et bariolée se retrouva sur les marches de l'Hôtel de Ville. Les femmes se complimentaient sur la beauté de leurs toilettes respectives. Ce n'était que bavardages, rires, chatoiement de couleurs vives et cliquetis de luxueux bijoux.

Noyée dans ces grappes humaines virevoltantes, Barbara s'efforçait d'adresser à chacun un mot aimable, de répondre avec humour aux questions futiles que lui posaient ses compagnes. Elle était comme droguée, épuisée par une interminable nuit blanche.

Un bras passé autour de sa taille la ramena brusquement à la réalité. La lueur d'admiration qu'elle lut dans les regards de son entourage acheva de la mettre mal à l'aise. Une chevelure frôla son long voile de dentelle, exactement de la même couleur que la sienne : presque rouge dans le soleil.

— Quel beau couple ! murmuraient des voix attendries.

— Allons-y, proposa Dorian en l'entraînant vers la somptueuse salle de mariage. Le maire n'attend plus que nous.

— *Nous ?* répéta Barbara avec un triste sourire. Ne vous prenez pas au jeu, je vous en prie.

Elle avait parlé tout bas pour n'être entendue que de lui seul. Il la lâcha aussitôt.

La cérémonie se déroula sans incident notoire sinon la légère hésitation de la jeune mariée avant de dire « oui », qui n'échappa à personne. Angeline, la vieille domestique de la maison, était peut-être la plus émue et le fait d'être le témoin de Frank Hamilton la mettait dans tous ses états. Barbara signa d'une main tremblante sur le grand registre des mariages, alors que Dorian, d'une écriture nerveuse et volontaire, apposait un paraphe qui ne lui appartenait pas : Hamilton.

Puis ce fut la cérémonie religieuse, longue et solennelle. Barbara vivait son étrange cauchemar, la fiction dépassait la réalité.

C'est sous les cris de « Vivent les mariés » que Dorian et Barbara sortirent de la cathédrale. Une foule nombreuse les attendait comme si toute la ville s'était donné rendez-vous pour assister au mariage de la jeune femme. La notoriété de son père conférait à cette cérémonie un caractère de fête locale.

Au bord de l'évanouissement, Barbara vacilla légèrement puis s'engouffra dans la voiture de son père sans se prêter aux exhortations du photographe. Elle s'assit sur le siège avant et ferma les yeux, terrassée. Quand elle entendit s'ouvrir la portière du conducteur, elle supplia son père sans le regarder :

— Ramène-moi tout de suite, papa, je t'en prie. Il y a trop de monde, j'ai besoin de me rafraîchir.

— Vos désirs sont des ordres, madame Hamilton ! railla une voix qu'elle n'eut aucun mal à reconnaître.

— Encore vous... Si seulement vous n'étiez pas venu, toute cette mascarade n'aurait pas eu lieu.

— Votre mauvaise foi me fait frémir, Barbara. N'avez-vous pas accepté ma proposition hier soir ? Où dois-je aller ? J'ai prévenu votre père que je vous ramenais.

— Prenez la première à droite.

La voiture se faufila dans la foule encore compacte tandis que des mains s'agitaient vers eux pour les saluer joyeusement.

— Je n'en peux plus... murmura Barbara. Je n'aurais jamais imaginé que cela pût être si pénible.

Ils n'échangèrent plus une seule parole jusqu'à la demeure des Sinclair. Prétextant l'impérieux besoin de prendre une douche et de se changer, elle s'éclipsa aussitôt dans sa chambre.

Elle ne s'était pas rendu compte qu'elle était assise sur son lit depuis une demi-heure, immobile. Son long voile avait glissé de sa chevelure défaite, lourde et sombre sur ses épaules à peine recouvertes de fine dentelle. Son regard détaillait lentement chaque recoin de cette chambre qui n'était déjà plus la sienne. Un décor d'adolescente romantique, élevée dans un cocon, loin du monde...

Trois coups légers furent frappés à la porte.

— Vous ne vous êtes pas encore changée ? questionna Dorian en ouvrant la porte sans attendre de réponse. Tout le monde vous attend en bas, ils meurent de faim.

— Eh bien, qu'ils mangent sans moi. Je n'ai aucun appétit.

— J'ai promis à votre père de vous ramener dans les cinq minutes.

— Vous vous croyez décidément le spécialiste des missions délicates, ironisa-t-elle avec lassitude. Vous devez beaucoup vous amuser, mais vous êtes bien le seul. Vous avez tendance à outrepasser votre rôle d'intermédiaire !

— Peut-être. Mais nous en reparlerons plus tard. Changez-vous.

Surprise par sa froideur autoritaire, elle leva les yeux sur lui. Elle éprouva soudainement le désir de le blesser, de faire taire son arrogance et sa superbe.

— J'ignore d'où vous venez, monsieur Venza. Et je ne veux pas le savoir. Mais vous êtes de ceux qui s'imposent dans un monde qui n'est pas le leur, je l'ai compris au premier coup d'œil. Frank prendra sûrement très mal votre intervention dans sa vie privée...

— Et que pensera-t-il de vous, à votre avis ?

— Notre situation n'est pas comparable. Mais il peut très bien vouloir vous faire payer votre petite farce... ajouta-t-elle avec une trivialité qu'elle ne s'était jamais soupçonnée.

— Aucune importance, railla Dorian avec un sourire méprisant. Je n'en suis pas à une dette près envers les Hamilton...

Il fit volte-face et sortit en claquant la porte avec une rage mal contenue. Barbara fut incapable de se réjouir de cette maigre victoire, sa ridicule mesquinerie lui fit honte.

Lentement, elle se dévêtit de sa longue robe trop somptueuse pour en passer une plus légère, blanche également, préparée à cette intention. C'était une robe droite et courte, sans fioritures, retenue par deux fines bretelles de satin blanc. Debout devant un haut miroir ovale, absorbée dans sa propre contemplation, elle eut l'impression d'avoir enfin puisé confiance en elle-même malgré le cours troublé des événements. En tout cas, sa rencontre avec Frank s'était révélée un premier pas dans la vie d'adulte. Mais ne l'avait-elle pas idéalisé ? Que d'illusions autour d'elle ! Sources d'autant de désastres...

Elle ramena ses cheveux en arrière à l'aide de deux barrettes d'écaille et descendit rejoindre la joyeuse assemblée qui festoyait dans le parc. L'anneau d'or qu'elle portait au doigt, celui de sa mère dont elle n'avait conservé aucun souvenir, lui pesait comme une trop lourde bien qu'incertaine chaîne.

Quand elle vit la foule colorée virevoltant autour des longues tables recouvertes de nappes blanches, elle chercha machinalement à distinguer une chevelure acajou et deux yeux verts qui l'auraient attendue.

— Enfin, te voilà ! s'exclama Antoine Sinclair en venant à sa rencontre. Nous commencions à nous inquiéter.

Elle lui sourit, prit la main qu'il lui tendait, plus affectueuse qu'à l'ordinaire, et se laissa conduire vers le buffet.

— Mais, je ne vois pas Frank... murmura-t-elle d'un air faussement distrait.

— En effet, je le croyais avec toi, répondit son père. Il n'est pas allé te chercher ?

— Si mais il n'est pas resté. J'ai cru qu'il vous rejoignait aussitôt.

— Ne t'inquiète pas, ma chérie. Il ne risque pas de s'évanouir dans la nature !

Sinclair s'immobilisa et prit sa fille par les épaules, geste totalement incongru de sa part. Ses prunelles brillaient d'un éclat inhabituel.

— Es-tu heureuse, fillette ? lui demanda-t-il d'une voix un peu enrouée.

Emue et surprise, Barbara avala sa salive et s'efforça de lui sourire.

— Bien sûr, papa... Quelle question !

Dans un geste enfantin et un peu gauche, elle passa les mains autour du cou de son père et l'embrassa furtivement sur la joue.

— Frank me plaît beaucoup, tu sais, ajouta-t-il en reprenant sa marche. Je comprends maintenant comment tu as pu te jeter dans ses bras si facilement...

Elle ne trouva rien à répondre. Trop de malentendus s'étaient succédé...

Dorian revint longtemps plus tard. On s'était décidé à se mettre à table malgré son absence et le déjeuner touchait à sa fin.

Dès qu'elle l'aperçut sous le couvert des arbres, Barbara courut à lui.

— Où étiez-vous ? questionna-t-elle d'une voix coléreuse. Votre absence n'est pas passée inaperçue.

— Vous craigniez d'avoir à donner une explication ?

Il esquissa un sourire amer. Il avait ôté sa veste, défait sa cravate et sa chemise blanche maculée témoignait d'une longue marche dans les bois.

— Pourquoi êtes-vous parti ? insista-t-elle avec plus de douceur.

— Ma place n'est pas ici. Je ne suis pas de votre monde, vous l'avez dit vous-même.

— Ici vous êtes Frank Hamilton, lui rappela-t-elle avec une certaine sécheresse. Vos états d'âme ne sont pas de mise.

— Petite garce... maugréa-t-il en serrant les dents.

Il leva les yeux vers les tables avant de poursuivre :

— Ils se demandent ce que nous faisons. Embrassez-moi, ce sera plus véridique.

— Vous n'êtes qu'un opportuniste...

— Et vous, vous êtes ravissante.

Dorian lui saisit la nuque et l'attira à lui. Ses mains nerveuses jouaient dans la longue chevelure bouclée. Barbara n'eut pas un geste, ni pour fuir ni pour se rapprocher de lui, elle était comme pétrifiée. Le lourd et entêtant parfum des fleurs de magnolia lui montait à la tête et ses yeux de bête traquée revenaient sans cesse vers Dorian, sa bouche, son torse sombre sous la chemise ouverte. Les images les plus folles défilèrent dans son esprit débridé. Avec un sourd gémissement de désir et de défaite, elle se pressa contre lui et lui tendit ses lèvres entrouvertes. Les bras de Dorian se refermèrent sur elle tandis que leurs bouches se faisaient plus amoureuses, plus assoiffées l'une de l'autre.

Quand ils se séparèrent au bout d'un long moment, elle recula brutalement.

— Je n'avais pas le droit, ni vous non plus ! s'écria-t-elle d'une voix brisée.

Lui aussi avait un air grave, où se mêlaient la victoire et le tourment.

— Allons rejoindre les autres, proposa-t-il en effleurant son bras.

— Plus jamais, Dorian... Jurez-le-moi.

Il laissa échapper un rire sourd, ramassa sa veste tombée à terre et s'enfuit à grandes enjambées vers la prairie. Elle le suivit à pas lents, les yeux rivés sur lui dans une inavouable quête.

Pour la énième fois, les bouchons de champagne sautèrent à leur retour tandis qu'Esther et Angeline apportaient une monstrueuse pièce montée.

Vers quatre heures de l'après-midi, chacun était un peu ivre, repu et las. Les conversations s'étiolaient, se perdaient dans la verte prairie.

— Nous devrions partir à présent, glissa Dorian à l'oreille de Barbara.

— Oh... Vraiment ?

— Un avion quitte Roissy tard dans la soirée pour Malte. Nous avons tout juste le temps de rentrer à Paris.

— Bien. Plus vite nous en aurons fini, mieux ce sera, conclut-elle avant de s'échapper vers la maison.

Le trajet jusqu'à Paris dura plusieurs heures et Dorian qui conduisait un peu trop vite à son goût, refusa de lui céder le volant.

Une pensée unique, obsédante, tenaillait Barbara : « Qui ai-je épousé ? Frank ou Dorian ? »

CHAPITRE III

DANS la nuit, l'île de Malte n'était qu'une minuscule oasis de lumières, perdue dans les eaux sombres de la Méditerranée. Sur l'immense port de La Valette, dont les proportions gigantesques témoignaient de son activité internationale, de puissants projecteurs reflétaient, sur les flots, les impressionnantes coques métalliques des cargos.

Tenaillée par l'anxiété et l'angoisse, Barbara se demandait comment elle avait pu accepter de conclure un aussi ridicule marché avec Dorian. Quel pouvoir avait-il pu exercer sur elle pour lui faire commettre cette folie ?

« Il eût été tellement plus simple de tout annuler, d'expliquer à mon père… »

La même culpabilité, lourde, indestructible, qui revenait sans cesse, sentiment insupportable auquel obéissait chacun de ses actes depuis sa plus tendre enfance… Et ce souvenir confus, quasi irréel, qui venait parfois la hanter, comme un douloureux leitmotiv…

— Vous paraissez bien soucieuse, remarqua Dorian dont le regard ne l'avait pas quittée depuis plusieurs minutes.

— Je le serais à moins, vous savez. L'idée d'arriver à

l'improviste chez les Hamilton me terrifie. Comment Frank va-t-il m'accueillir ?

— Ne vous inquiétez pas pour cela. Il ne sera peut-être même pas là.

— Mais...

— Frank passe rarement une soirée chez lui. Bien que Malte soit un petit pays, on n'y manque pas de distractions.

— Mais il fait beaucoup de voyages d'affaires, n'est-ce pas ?

— Il voyage, en effet... Mais je n'aurais pas pris le risque de vous amener sans être sûr qu'il serait à Malte.

— Quel profit espérez-vous tirer de moi ? demanda-t-elle brusquement, la voix colorée d'une inquiétude plus profonde.

— Gozo, l'île voisine de Malte, ne serait autre que l'île d'Ogygie où la nymphe Calypso retint Ulysse pendant sept ans...

— Je ne comprends pas le...

— Si Frank vous accepte en tant qu'épouse, peut-être deviendra-t-il un peu plus... stable. Son père a besoin de lui et jusqu'à présent, Frank ne lui a apporté que des déceptions. Il est le fils unique de Richard Hamilton, il est temps qu'il prenne ses responsabilités.

— Quel désintéressement de votre part, quel altruisme ! railla Barbara en dardant sur lui un regard furieux. Trouver une épouse pour le rejeton du patriarche, c'est vraiment touchant.

— Oui... murmura Dorian sans relever les termes délibérément désobligeants qu'elle avait employés. Il y a des jours où l'on s'étonne soi-même...

Leur conversation fut interrompue par l'annonce de l'atterrissage et Barbara boucla sa ceinture d'un geste nerveux.

Il était presque minuit et les bureaux de change, les boutiques, s'apprêtaient à fermer après la descente des derniers passagers.

— J'ai laissé ma voiture sur le parking, annonça Dorian en l'entraînant au-delà des portes vitrées.

— Allez-vous me conduire tout de suite chez les Hamilton ou préférez-vous leur faire la surprise demain matin ? questionna Barbara d'un ton amer.

— Nous y allons immédiatement. Nous sommes dans un pays méditerranéen, personne ne se couche tôt.

A peine eut-elle mis le pied dehors qu'une brise tiède l'assaillit, se joua de sa chevelure.

— C'est la meilleure heure de la journée, fit remarquer Dorian en s'immobilisant et en regardant droit devant lui. Vous verrez, la chaleur est difficilement supportable pendant la journée, mais il y a toujours un peu de vent.

— Je suis habituée aux pays chauds. J'y ai vécu de longues années quand mon père était ambassadeur.

— Alors, vous ne serez pas dépaysée.

Il se remit en marche vers l'ombre du parking, la valise de Barbara à la main. Elle ne le suivit pas immédiatement et se surprit à contempler sa démarche souple, féline, la mobilité toute latine de ses hanches étroites.

— Corto Maltese... murmura-t-elle avec un sourire amusé en se rappelant soudain la séduction qui émanait de ce héros de bandes dessinées.

Elle secoua la tête comme pour se défendre de cette idée trop loufoque, et courut pour le rattraper. Il lui ouvrit la portière avant-gauche d'une luxueuse Lamborghini rouge sombre et l'invita à s'asseoir.

— Oh, mais le volant est à droite !

— Influence britannique oblige. On roule à gauche sur l'île. Il faudra vous y habituer si vous voulez avoir un peu d'indépendance.

— J'espère en tout cas ne pas avoir à conduire un monstre pareil.

— Vous apprendrez. Les Hamilton ne possèdent que ce genre de « monstres ».

— Ils sont une famille très puissante sur l'île, n'est-ce pas ?

— Oui, comme quelques autres qui sont restées après la décolonisation. Mais en fait, ils n'exercent pas d'activité réelle sur Malte. Ils se contentent d'y résider presque en permanence.

— Mais je croyais que le principal périodique de l'archipel appartenait à leur groupe.

— Bien sûr. Mais la propriété d'un journal et sa direction sont deux choses différentes.

— Vous voulez dire qu'il existe un directeur indépendant ?

— En théorie, oui. Richard Hamilton est un homme de son temps malgré son âge. Il a eu la sagesse de nommer à la tête de chacun de ses journaux des directeurs locaux, qui avaient déjà été journalistes dans leurs propres pays.

— C'est donc un Maltais qui s'occupe du quotidien ?

— Oui... en quelque sorte. Et il en va de même pour les journaux italiens tunisiens, etc...

— Et vous ? Quel est votre rôle dans l'affaire ?

— Pardon ?

— Vous devez bien y prendre part pour être si au fait de leurs activités.

— Effectivement. Je dirige « The Evening Post ».

Dorian se tut et s'engagea sur une large route droite bordée d'immeubles et de petites usines. Barbara restait songeuse. Pourquoi ne lui avait-il pas immédiatement dit qu'il dirigeait le quotidien dont ils avaient parlé trente secondes plus tôt ? Elle savait désormais comment le situer par rapport aux Hamilton et subodorait quelque conflit professionnel entre eux. Cela suffisait-il à expliquer son inimitié pour Frank et les liens étroits qu'il semblait entretenir avec la famille Hamilton ?

On était en pleine saison touristique, la fréquentation de la route à cette heure tardive en témoignait.

— « Msida Creek... » murmura Barbara en se rappelant l'adresse à laquelle elle avait expédié tant de missives. Où est-ce exactement ?

— C'est un des faubourgs de La Valette, le quartier résidentiel.

— Mais je croyais que c'était au bord de la mer.

— Effectivement. La Valette est la presqu'île la plus importante mais d'autres plus petites convergent vers elle et forment une sorte de cercle pénétré par de nombreux bras de mer.

Ils avaient déjà parcouru cinq ou six kilomètres, au fur et à mesure, l'agglomération était devenue plus dense. Ils quittèrent la route droite pour obliquer vers le nord et bientôt, les immeubles firent place à des villas de plus en plus somptueuses, dissimulées par les arbres et l'obscurité.

A travers la vitre ouverte, Barbara sentait un doux parfum de thym et d'amandiers, mêlé aux senteurs marines. La Lamborghini s'engagea dans une rue en pente relativement étroite et déboucha sur un quai auquel étaient amarrés d'énormes et luxueux bateaux de plaisance. Dans la nuit, quelques lumières tardives se reflétaient sur la blancheur des ponts. Dans le lointain, on entendait des rires et de la musique.

— Nous sommes presque arrivés, lui annonça Dorian.

De l'autre côté de la mer, la rue était bordée d'un long et interminable mur de couleur claire, troué çà et là d'étroits portails de fer. Dorian se gara et coupa le contact.

— Mais... Je ne vois pas de maison, s'étonna Barbara en descendant lentement du véhicule.

— Levez les yeux et vous comprendrez.

Elle poussa un cri de surprise et de ravissement. Très haut, derrière le grand mur, elle pouvait apercevoir un imposant frontispice orné de stucs. Les fenêtres du premier étage étaient dissimulées par la cime de hauts conifères se balançant doucement dans la brise nocturne.

— Allons, venez, ordonna Dorian en l'arrachant à sa contemplation. Vous aurez tout le temps de vous émerveiller plus tard. Faites attention dans l'escalier, les marches sont inégales.

Elles étaient heureusement éclairées par une lanterne et Barbara les gravit avec une excitation croissante. Brusquement, sur sa gauche, se dressa l'imposante demeure dans toute sa splendeur.

Deux larges escaliers parallèles, taillés dans la pierre, se rejoignaient sur un gigantesque perron au centre duquel trônait une porte de bois encadrée par deux colonnes sculptées. A la faible clarté de la lune, Barbara pouvait deviner la teinte légèrement rose-orangé des énormes pierres qui avaient servi à édifier ce palais.

De hautes fenêtres rectangulaires s'étiraient tout au long de la façade, agrémentées de volets de bois sombre. Pas une lumière ne filtrait à travers les rideaux.

Des parterres de fleurs courant le long de la façade, se dégageaient de lourdes senteurs épicées. Les graciles silhouettes des tamaris effleuraient la balustrade de pierre au rythme de la brise.

— C'est magnifique... chuchota Barbara comme si elle craignait de rompre une imperceptible harmonie.

— Il n'y a personne, c'est aussi bien. Vous allez pouvoir vous installer tranquillement.

— Oh... Mais je ne vais pas rentrer ainsi et poser mes valises !

— Je ne vous ai pas encore abandonnée, se moqua gentiment Dorian en la précédant dans l'escalier.

Elle le regarda ouvrir la porte, allumer le hall. Il s'affairait avec une aisance étonnante. Très vite, un vieux maître d'hôtel, aux gestes empreints d'une rigueur toute britannique, apparut dans l'entrée. Son visage s'éclaira.

— Monsieur Dorian ! J'ignorais votre arrivée, pardonnez-moi...

— Aucune importance, Edward. C'est à moi de vous présenter mes excuses pour ne pas avoir annoncé mon retour. J'ai dû écourter mon voyage à Paris, un... petit changement de programme.

Il se retourna vers la porte.

— Barbara ?

Elle sortit de l'obscurité et avança d'un pas hésitant dans la demeure. Malgré la chaleur de la nuit, elle frissonnait légèrement.

— Je vous présente Edward, l'âme de cette maison. Il n'a jamais quitté le service des Hamilton. Edward, voici Mlle Sinclair. Elle va s'installer dans l'ancienne chambre de Maureen, prévenez Maria.

— Bien, Monsieur, acquiesça le maître d'hôtel après avoir salué la jeune femme avec déférence.

Il se dirigeait vers l'escalier menant au premier étage lorsque Dorian le rappela subitement :

— Tout le monde est sorti ?

— Mlle Maureen a la migraine, Monsieur. Elle est montée très tôt.

— Et Frank ?

— J'ignore où il se trouve, Monsieur. Nous ne l'avons pas vu depuis deux jours.

— Bien... Je vous remercie.

Barbara s'était à peine rendu compte qu'il s'était adressé en anglais au domestique. Elle parlait couramment cette langue depuis son enfance, mais bien d'autres détails la troublaient depuis quelques instants.

— Passons au salon, proposa Dorian en ouvrant une large porte latérale. J'ai la gorge sèche.

Elle le suivit après une hésitation.

— Vous semblez parfaitement à l'aise dans ces lieux, fit-elle remarquer. Etes-vous un familier de la maison ?

— Oh oui ! acquiesça-t-il avec une moue amusée. Que puis-je vous offrir ? Un whisky ?

— Pourquoi pas...

La fatigue lui engourdissait l'esprit et les membres. Son regard brillant s'accrochait aux tableaux de maîtres, aux bibelots anciens, qui apportaient une note de raffinement et de gaieté à l'ameublement anglais dont l'acajou était patiné par les ans. Une élégante bibliothèque garnie d'ouvrages aux reliures anciennes occupait tout un pan de mur, face à un ravissant secrétaire. Au centre de la pièce, quelques bergères habillées de tapisseries aux tons pastels, s'harmonisaient parfaitement avec les motifs bleu pâle et mordorés du tapis chinois posé sur le parquet de bois sombre.

Barbara aurait aimé ces lieux si son esprit n'avait pas été si confus, si bouleversé par trop d'interrogations. Elle aurait voulu que Dorian disparaisse, qu'elle ne puisse jamais l'associer avec les Hamilton d'une quelconque manière.

— Vous avez été très discret sur vous-même jusqu'à présent, commença-t-elle en prenant le verre qu'il lui tendait. Vous m'avez laissé croire des mensonges...

— Je ne vous ai rien laissé croire du tout. J'ignore quelles hypothèses vous avez pu échafauder, mais pour ma part, je décline toute responsabilité.

Sa voix s'était colorée d'un rire léger, il dardait sur elle un regard moqueur et pétillant.

— Je vous déçois, n'est-ce pas ?

— Au contraire, vous m'intriguez davantage. Je pensais vous voir disparaître après m'avoir conduite ici.

— Les Maltais ont le sens de l'hospitalité, vous savez.

— Une seule question m'intrigue : est-ce en qualité de directeur de l' « Evening Post » que vous êtes si lié avec la famille Hamilton ?

Comme il ne répondait pas immédiatement, elle poursuivit, presque malgré elle :

— Qui est Maureen ?
— Vous l'ignorez réellement ?
— Est-ce une grave lacune ?
— Maureen est la sœur de Frank. Je m'étonne qu'il ne vous ait jamais parlé d'elle.
— Je ne savais même pas qu'elle existait, avoua-t-elle avec une feinte indifférence. Quel âge a-t-elle ?
— Vingt-cinq ans.
— Elle n'est pas mariée ? C'est étonnant.
— Vous êtes plus sexiste que beaucoup d'hommes ! s'exclama Dorian en se levant pour ouvrir une fenêtre. Frank a trente et un ans et personne ne s'étonne de son célibat. Pourquoi en serait-il autrement pour Maureen qui a six ans de moins que lui ? Elle vit à sa guise.
— C'est vrai, ma réflexion était ridicule. Elle est... votre amie ?
— Quel sens donnez-vous à ce mot ?

Elle ne savait que répondre lorsqu'un déchirant coup de klaxon retentit dans la rue, suivi d'un vrombissement de moteur qui s'arrêta net et d'un violent claquement de portière.

— Voici Frank, annonça Dorian d'un ton détaché.
— Pourquoi fait-il un tel vacarme ?
— C'est dans ses habitudes. Frank a un sens de l'humour... très particulier.

Au lieu de se lever, Barbara se ramassa davantage dans sa bergère.

— Vous êtes heureuse de le voir, j'espère, murmura Dorian avec un visage plus grave.

Leurs regards se croisèrent. Barbara sentit une cassure presque palpable dans cette étrange intimité nouée malgré eux.

La porte d'entrée s'ouvrit et une voix suraiguë résonna dans le hall :

— Dorian ! Dorian !

En l'entendant, l'interpellé se leva brusquement et se dirigea à grandes enjambées vers l'entrée. Il referma la porte en sortant. Barbara se retrouva seule, indécise et désemparée.

— Dorian ! répéta la voix en chantonnant. Je rêve, tu n'es pas vraiment là.

La tonalité changea brutalement, se fit plus sourde et Barbara ne put saisir que d'incohérentes bribes de conversation. Elle frissonna. Frank était ivre, il suffisait de l'entendre. Elle n'avait aucune envie de le rencontrer ce soir. Si seulement Dorian pouvait remettre leur entrevue au lendemain...

Mais son dernier espoir s'évanouit lorsqu'elle perçut le déclic de la porte.

— Tu ferais mieux d'aller te coucher immédiatement, disait Dorian à voix basse.

— Un dernier verre et j'y vais. Je suis si heureux de te voir ! Tu devras m'expliquer pourquoi tu es parti... Heu... rentré, si vite.

— Attends ! reprit Dorian. Si je ne peux pas t'empêcher d'aller au salon, j'ai une chose à te dire.

— Quoi donc ? demanda Frank en titubant contre le chambranle de la porte.

— Quelqu'un t'attend... C'est une surprise.

— Oh, j'adore les surprises ! s'exclama Frank comme un enfant riant de joie.

Il donna une forte poussée à la porte et trébucha jusqu'au milieu de la pièce.

Barbara s'était levée, elle lui faisait face, très droite. Sa robe blanche et stricte lui prêtait un air fragile, démenti par sa crinière rouge sombre.

— Bonsoir, Frank, dit-elle d'une voix calme.

Il tituba encore davantage, cligna des paupières, porta une main fébrile à sa joue. Il offrait un triste spectacle mais le regard de la jeune femme fixé sur lui ne trahissait aucun sentiment. Il était vêtu d'un costume fripé, maculé par endroits, ses yeux étaient injectés de sang, quelques mèches châtain clair balayaient son front court et large. Sa bouche n'était qu'une ligne mince, tendue dans un rictus de colère.

— Voyez, Frank. Je suis venue.

Il ne répondit rien et se dirigea vers le bar sans lui accorder un seul coup d'œil.

— Laissez-moi le temps de me remettre de cette charmante surprise, maugréa-t-il en se servant une large rasade d'alcool ambré.

Barbara ne le regardait plus. Elle vit Dorian quitter la pièce et refermer doucement la porte. Une vague de panique s'empara d'elle, qu'elle contint à grand-peine.

— Vous n'êtes pas venu à *notre* mariage, commença-t-elle tout en se réprimandant intérieurement pour la platitude et l'inutilité de cette remarque.

Son verre à la main, Frank s'approcha d'elle. Dans son visage à présent rieur, elle ne déchiffra qu'une ironie détestable.

— De quel mariage parlez-vous ? questionna-t-il avec une moue candide. Devais-je vous épouser, jolie Barbara ? Qui a pu vous mettre une pareille idée en tête ?

« C'est inutile... pensa-t-elle en s'emparant d'un paquet de cigarettes posé sur le secrétaire. Sa mauvaise foi n'a d'égal que son degré d'ivresse. »

— Nous en reparlerons demain, c'est préférable. Vous aurez les idées plus nettes.

Elle s'apprêtait à quitter le salon, lorsqu'il la rattrapa brutalement par le bras.

— Holà ! Pas si vite. Vous allez m'expliquer comment vous êtes arrivée jusqu'ici.

Elle dégagea violemment son bras et lui jeta un regard empli de mépris.

— Il... Il s'agit d'un regrettable malentendu, murmura Frank comme s'il prenait soudain conscience de la détermination furieuse de son interlocutrice. Tout va s'arranger, croyez-moi.

Surprise par cette douceur soudaine, Barbara revint

vers lui. Il avait retrouvé cette voix qu'elle connaissait et qu'elle aimait, ce clignement d'yeux si familier qui parvenait toujours à la faire fondre. A cet instant, il n'était qu'une mauvaise et pâle réplique de l'homme rencontré huit mois plus tôt, mais le souvenir, la nostalgie suffisaient à raviver un charme éteint.

— J'ai... J'ai eu des ennuis, ces derniers temps, Barbara. Je vous expliquerai...

Une sorte de méfiance, d'incrédulité, s'infiltrait en elle, mais elle voulait le croire, le comprendre. L'image fugitive de Dorian la traversa à plusieurs reprises.

— Oui, Frank. Vous m'expliquerez. Nous avons beaucoup à nous dire, je crois...

— J'allais... J'allais justement vous téléphoner dès demain pour vous proposer de me rejoindre ici. Nous aurions ainsi le loisir de nous connaître davantage... Le mariage n'est pas une chose légère, vous en conviendrez.

Il parlait d'une voix saccadée, hésitante, comme s'il débitait un discours préparé à l'avance.

— Il fallait me le proposer *avant,* souligna-t-elle avec rancœur. Cela vous a beaucoup amusé, j'espère, de m'imaginer en longue robe blanche, avec des dizaines d'invités autour de moi et... pas de mari.

— Vous en rajoutez, mon amie, susurra Frank d'une voix mielleuse. Vous avez tout annulé en ne me voyant pas arriver, je suppose.

— Pourquoi ne pas m'avoir prévenue si vous aviez un empêchement ? renchérit-elle en évitant soigneusement de lui répondre.

— Je... Ce fut une impossibilité de dernière minute. Je m'apprêtais à prendre l'avion. Ensuite, je... je n'ai pas osé vous appeler. Je craignais votre hostilité.

— Très touchant en vérité ! railla-t-elle en écrasant sa cigarette dans un lourd cendrier de marbre rose. Mais tout cela n'est pas crédible, Frank. Cessez de vous disculper comme un gamin maladroit, je vous en prie.

« Lamentable » était le mot que scandait son esprit fiévreux. Elle avait l'impression de jouer dans une mauvaise pièce de théâtre, un ridicule vaudeville.

— Je préfère me retirer, conclut-elle avec lassitude. Une bonne nuit de sommeil ne sera pas superflue pour vous non plus.

— Dorian vous a déjà fait les honneurs de la maison, je suppose.

Comme par miracle, la porte s'ouvrit après trois coups légers frappés sur le bois épais. Une adolescente brune, vêtue d'une robe noire et d'un tablier blanc de dentelle, fit son apparition et adressa un ravissant sourire à Barbara.

— Je suis Maria, la femme de chambre, expliqua-t-elle en la saluant respectueusement. Monsieur m'a demandé de vous montrer votre appartement. Vous m'appellerez quand vous le désirerez.

— Allons-y tout de suite, Maria, acquiesça la jeune femme trop heureuse de cette diversion.

Elle se retourna vers Frank. Debout face à la fenêtre ouverte, il lui tournait le dos.

— Bonsoir, lâcha-t-elle avant de disparaître.

— Bonsoir, Barbara. C'est curieux que vous soyez arrivée en même temps que Dorian, l'entendit-elle murmurer avant que Maria ne referme la porte.

— Comment se fait-il que vous soyez debout à une heure aussi tardive ? demanda-t-elle gentiment à l'adolescente en la suivant dans l'escalier. Vous travaillez nuit et jour ?

— Oh non ! Cela dépend. Mais je peux disposer de quelques heures de repos dans la journée et on ne fait pas toujours appel à moi en pleine nuit !

Maria était maltaise et son anglais se teintait d'un léger accent aux consonances arabes.

Barbara suivit la femme de chambre dans un long couloir rectiligne desservant une douzaine de portes blanches surchargées de moulures dorées. Ses pieds s'enfonçaient dans une épaisse moquette brune.

— Nous y voici, commenta Maria en l'introduisant dans une grande pièce éclaboussée de lumière rose. J'espère que cette chambre vous plaira.

Malgré sa fatigue, Barbara écarquilla les yeux devant ce cadre baroque et enchanteur. Face à une large fenêtre de forme arrondie, un immense lit de cuivre, occupait le quart de la grande salle carrée. Dans l'un des angles, une coiffeuse de marbre rose, surmontée d'un miroir ovale, était recouverte d'une impressionnante collection de flacons de toilette anciens.

Sur la moquette bleu nuit, reposait un curieux lampadaire très « art nouveau », arbre d'étain stylisé dont les multiples branches supportaient plusieurs globes d'opaline rose illuminés tels d'énormes fruits imaginaires.

— C'est insensé, murmura Barbara en osant à peine franchir le seuil. Est-ce Maureen qui a conçu ce décor ?

— Oui, mais il y a de nombreuses années, paraît-il. Ensuite, elle s'en est lassée.

— Je vais beaucoup m'y plaire, Maria.

La femme de chambre lui indiqua ensuite le cabinet de toilette attenant puis se retira après l'avoir saluée.

— Dois-je vous réveiller demain matin ? questionna-t-elle avant de sortir.

— Oui, je vous prie. Prévenez-moi quand M. Hamilton sera debout.

— Entendu, Mademoiselle. Je vous souhaite une bonne nuit.

Une fois seule, Barbara découvrit ses vêtements soigneusement rangés dans un placard. Dorian avait veillé à l'installer le plus confortablement possible. Il devait être parti à présent, sans la saluer... Maria l'avait appelé « Monsieur » avec une étrange déférence pour un simple familier de la maison.

Elle s'allongea sur le lit, s'étira voluptueusement.

Elle s'efforçait d'oublier cette première entrevue désastreuse avec Frank. Demain, chacun d'eux aurait les idées plus claires.

« C'est ma nuit de noces... » pensa-t-elle avec un sourire un peu triste. Malgré elle, son corps exigeait une présence, comme jamais auparavant elle n'en avait senti l'impérieux désir.

Des bribes de souvenirs tout proches se mêlèrent à de doux fantasmes, la bercèrent dans les draps de satin bleu pâle...

CHAPITRE IV

— RÉVEILLEZ-VOUS, Mademoiselle. M. Hamilton est levé. Il vous attend.

Cette voix... Ce n'était pas celle d'Angeline. Barbara se retourna paresseusement, sentit sur sa peau nue la douce caresse des draps soyeux. Un rayon de soleil s'attarda sur sa joue, disparut aussitôt, balayé par les branches du cèdre devant la fenêtre.

Elle ouvrit un œil un peu hébété, contempla Maria pendant une fraction de seconde avant de redonner ses droits à la réalité. Oui, elle était bien chez Frank, elle allait le rejoindre dans quelques instants.

— Oh... Bonjour, Maria, balbutia-t-elle. Merci de m'avoir réveillée.

— Le petit déjeuner est servi dans la salle à manger. Vous la trouverez en face du salon, de l'autre côté du hall, Mademoiselle.

« Mademoiselle »... Oui bien sûr... Personne ici n'était au courant de son pseudo-mariage. Elle regarda la femme de chambre disparaître avant de sauter hors du lit et de se rendre dans la salle de bains. Robinets de cuivre, baignoire ronde en émail bleu sombre... Décidément, rien ne dénotait dans cette luxueuse demeure. En comparaison, la grande maison bourgeoise de son père lui faisait l'effet d'une chaumière. Elle se coula avec ravissement dans un bain parfumé de musc mais ne parvint cependant pas à se détendre totalement.

Frank n'entreprendrait rien pour lui venir en aide. Devait-elle lui annoncer immédiatement qu'aux yeux de son pays, ils étaient légalement mari et femme ? Non, attendre... Elle eut subitement la conviction qu'un répit lui était nécessaire, indispensable, plus pour elle-même sans doute que pour Frank. Elle s'octroyait brusquement une autonomie, un pouvoir de décision qu'elle n'avait encore jamais cherché à acquérir.

— Il n'est jamais trop tard... dit-elle à voix haute en souriant d'un air mutin.

Une fois sortie du bain, elle revêtit un léger chemisier rouge vif qu'elle rentra dans une étroite jupe de coton noir. Elle ceignit sa taille fine d'une ceinture de cuir noir également et enfila une paire de sandales plates. Deux anneaux d'or à ses oreilles lui donnèrent un air un peu « gitane » qu'elle trouva à son goût pour la circonstance. « Je dois être forte », pensa-t-elle encore avant de sortir de sa chambre.

La porte de la salle à manger, symétrique à celle du salon, était entrouverte mais pas un bruit ne s'en échappait. Très doucement, Barbara la poussa davantage et risqua un œil sur la table servie. Une cafetière fumante mais personne pour la boire... Elle franchit le seuil, regarda sur sa droite, étouffa une exclamation de stupeur.

Dorian était là, debout, les deux bras appuyés sur le dossier d'une chaise. Sa tête était baissée vers le sol, il ne bougeait pas.

Barbara referma la porte avec un claquement volontaire.

— Je ne pensais pas vous revoir aussi vite, lança-t-elle d'une voix furieuse. Est-ce dans vos habitudes de venir prendre votre petit déjeuner ici ou avez-vous décidé de m'assister jusqu'au bout ?

Dorian avait relevé la tête en l'entendant entrer. Il la

regardait d'un air sombre, quelque peu surpris par cette attaque matinale.

— Tout doux... murmura-t-il avec détachement. Etes-vous toujours aussi agressive le matin ?

— Où est Frank ?

— Frank ? Mais il ne se lève jamais avant midi et étant donné son état d'hier soir, je doute...

— Mais Maria est venue me réveiller. Elle m'a dit que Frank...

Elle se mordit la lèvre, subitement consciente de son erreur.

— Oh... murmura-t-elle.

— Vous manquez parfois de vivacité, Barbara.

— Je... Je ne pouvais pas savoir. Vous vous nommez Hamilton, vous aussi, c'est cela ?

— Oui. Et Maria a la fâcheuse habitude de me prendre pour l'unique « Monsieur Hamilton » de cette maison en l'absence de Richard.

Barbara s'était laissé tomber sur une chaise, les bras ballants. Elle se dérobait au regard trop vif de Dorian, honteuse de sa méprise.

— Vous êtes son frère probablement. Mais pourquoi... ?

— Je ne suis pas le frère de Frank, lâcha-t-il d'un ton tendu.

Comme si cette révélation lui en coûtait, il s'empara de la cafetière de porcelaine et remplit deux tasses du café déjà refroidi. Sa main tremblait légèrement.

— Qui êtes-vous ? insista Barbara presque à voix basse. Pourquoi vous êtes-vous présenté à moi sous un faux nom ?

— C'est mon vrai nom. Ou plutôt, *c'était*... J'avais seize ans quand Richard Hamilton m'a... adopté.

Ce terme, si amer dans sa bouche, pétrifia la jeune femme. « Vous êtes de ceux qui s'imposent dans un monde qui n'est pas le leur » lui avait-elle cruellement lancé la veille. Comme elle avait touché juste ! Mais comme elle était loin de soupçonner la douloureuse justesse de ces paroles idiotes !

— Pardonnez-moi, chuchota-t-elle.

Elle accepta la tasse de café qu'il lui tendit et se mit à tourner la petite cuillère, machinalement.

— Il n'est pas sucré, lui fit remarquer Dorian en lui tendant le sucrier.

Elle le regarda comme s'il s'était adressé à elle en une langue étrangère. Ce curieux mélange de détails de vie quotidienne avec la révélation précédente acheva de la dérouter.

— Pourquoi ne pas me l'avoir dit dès le premier jour ?

— Je... Cela ne change rien, rétorqua-t-il après une hésitation.

Elle avala sa tasse de café d'un seul trait et la reposa avec une note dissonante.

— Vous ne prenez pas de toasts ?

— Je n'ai pas faim, merci.

Elle n'osait le questionner davantage et pourtant des bribes d'interrogations se pressaient sur ses lèvres closes.

— Je vous croyais reparti hier soir, se contenta-t-elle de dire.

— Comment s'est passée votre petite entrevue avec Frank ?

La raillerie sous-jacente la fit bondir.

— Nous ne nous sommes pas dit grand-chose, en fait. J'ai préféré aller me coucher.

— Sage résolution. Vous ne lui avez donc rien raconté ?

— Non. Et je ne suis pas prête de lui avouer que vous vous êtes substitué à lui pour le mariage.

Dorian leva sur elle un regard interloqué, s'immobilisa.

— Comment ? Vous me faites marcher...

Une étrange pâleur s'étirait sur son visage.

— Est-ce si important ? reprit Barbara soudainement en possession de nouvelles forces. Je connais très mal Frank, vous aviez raison. J'ai besoin de temps... et lui aussi.

— Je ne vous ai pas amenée ici pour lui offrir le loisir de vous faire la cour ! s'exclama-t-il avec fureur. Frank est encore un gamin irresponsable, je vous l'ai dit, mais son père a besoin de lui. Il est temps qu'il se stabilise et prenne un peu la vie au sérieux. Vous êtes la femme idéale pour mettre fin à ce célibat trop prolongé !

— Même contre son gré ?

— Oui. S'il le faut !

— Vous êtes un peu plus âgé que lui, semble-t-il. Votre... « célibat » ne vous tourmente pas ?

— Moi je n'ai pas besoin d'une femelle pour me retenir au bercail !

— Est-ce vraiment la vocation de celles que vous nommez si gentiment ? s'écria-t-elle à son tour, incapable de se contrôler plus longtemps. Vous êtes odieux, Dorian *Hamilton,* puisque c'est là votre nom. Mais je ne suis pas un gadget affriolant à brandir sous le nez de votre petit frère !

Une fugitive lueur d'admiration passa dans le regard vert de Dorian tandis qu'un brutal silence s'abattait sur eux.

— Je... Je vais prendre l'air, annonça enfin Barbara en se levant trop vivement de sa chaise.

— Comme vous voudrez. Le jardin est magnifique, vous verrez.

— Nous savons à quoi nous en tenir désormais, n'est-ce pas ? Tout est dit.

Dorian n'eut pas le temps de s'attarder sur la détresse qu'elle parvenait mal à cacher. La porte venait de s'ouvrir avec grand fracas et une silhouette virevoltante vola jusqu'à lui dans un concert d'exclamations joyeuses, passa derrière sa chaise et se pendit à son cou.

— Dorian ! Dorian ! répétait la jeune femme avec

gaieté. Je n'ai pas voulu croire Maria quand elle m'a annoncé ton retour !

Malgré elle, Barbara enregistra le ton trop ostensiblement juvénile de la nouvelle venue. Elle était loin de l'enfance mais se comportait comme une gamine de douze ans.

— Tu m'étrangles, protesta Dorian avec bonne humeur.

Il parut se souvenir de la présence de Barbara et écarta la jeune femme.

— Oh... Barbara, laissez-moi vous présenter Maureen, la sœur de Frank. J'espère qu'elle sera une compagne agréable pour vous durant votre séjour.

Maureen détaillait Barbara avec un regard perçant. Sous sa frange blonde, brillaient deux yeux bleu pervenche.

— Barbara Sinclair, une amie de Frank, poursuivit Dorian à son adresse. Elle va séjourner quelque temps parmi nous.

— « Une amie de Frank... » répéta Maureen d'un air songeur. Décidément, l'information circule mal dans cette maison ! J'ignorais votre venue, Barbara, mais les amis de Frank sont les bienvenus ici.

— Je vous remercie.

Barbara ne trouva rien à ajouter. Elle sentait une sourde méfiance chez la jeune femme sans pour autant réussir à en déterminer la cause. Le tableau qu'elle formait avec Dorian acheva de la mettre mal à l'aise.

— Je m'apprêtais à sortir, expliqua-t-elle d'une voix enjouée.

— Restez un peu ! intervint Dorian avec vivacité. Maureen est une compagne charmante, vous devriez faire connaissance.

Elle perçut la muette réprobation de la jeune Anglaise et détesta Dorian pour son absence de tact et ce vernis d'assurance qui accompagnait chacune de ses paroles.

— Je ne voudrais pas troubler vos retrouvailles, hasarda-t-elle en le fusillant du regard.

— Nos retrouvailles ! Mais je suis parti il y a de cela deux jours.

— Vous avez peut-être des choses à vous dire.

— Dorian et moi avons toujours des choses à nous dire, minauda Maureen en se cramponnant encore davantage à lui.

C'est le moment que choisit Maria pour apporter une nouvelle cafetière qui répandait son délicieux fumet dans toute la pièce.

— Buvez donc un autre café, proposa Dorian en la priant de se rasseoir. Le vôtre était froid tout à l'heure.

— Avec plaisir, convint-elle pour endiguer la querelle naissante.

Elle se rassit face à lui mais ne sut où poser son regard pour éviter le trop charmant tableau que formaient Dorian et Maureen. Avec application, elle détailla le mobilier en merisier, la table ronde autour de laquelle ils se tenaient. La salle à manger était immense, elle aurait pu contenir plusieurs dizaines de convives.

— Vous êtes française ? questionna Maureen.

Elle avait enfin pris place sur une chaise et paraissait soudain très intéressée par cette invitée inattendue. Son dialogue avec Dorian avait échappé à Barbara.

— Oui, répondit celle-ci en s'efforçant de sourire.

— Où avez-vous connu Frank ?

— A Paris, l'hiver dernier.

— Vous le connaissez... bien ?

Barbara distinguait mal la curiosité sincère d'un intérêt forcé. Depuis l'arrivée de Maureen, l'atmosphère s'était chargée d'une sorte de pesanteur qu'elle parvenait mal à analyser, une sorte d'insidieux malaise entre Dorian et la sœur de Frank... Après tout, pourquoi se croyait-elle toujours obligée d'étiqueter les relations entre les gens, de chercher systématiquement à les définir ?

Elle s'efforça de se détendre. Curieusement, le fait d'évoquer Frank, sa rencontre avec lui, lui donnait une nouvelle assurance, le moyen de se raccrocher à un souvenir tangible et bien réel.

— Nous nous sommes rencontrés chez des amis communs, expliqua-t-elle après avoir avalé une nouvelle gorgée de café. Depuis, Frank m'a toujours fait signe lors de ses passages à Paris.

— Une simple amitié ou… une belle histoire d'amour ? insista la jeune Anglaise avec un désagréable sourire de connivence.

— Je…

— Tu te montres trop indiscrète, Maureen, intervint Dorian qui, jusqu'ici, avait suivi la conversation avec une expression indéchiffrable. Barbara n'est pas obligée de te raconter sa vie. Si elle est ici…

— Je suis en vacances, trancha brutalement l'intéressée. Et j'ai décidé d'en profiter pour passer quelques jours à Malte.

Elle lui en voulait de plus en plus. Il ne l'avait soustraite à l'interrogatoire de Maureen que pour l'enfoncer davantage, lui donner insidieusement une place à laquelle elle ne voulait pas prétendre aujourd'hui. Son ton était si sec, si catégorique que Dorian n'insista pas. Sans doute jugeait-il plus sage lui aussi de laisser Maureen en dehors de cette histoire.

— Hmm… Je subodore quelque mystère… insinua cette dernière avec une moue gourmande. Et Dorian, le connaissiez-vous avant de venir ?

— Non. Frank fait même preuve d'une grande discrétion quant à sa famille. J'ignorais votre existence à tous deux.

— C'est une bonne surprise, j'espère ! Vous savez, nous ne nous mettrons pas sur votre chemin Dorian et moi.

Renonçant à toute politesse excessive, Barbara lui jeta un regard glacial. Malgré ses vingt-cinq ans, Maureen faisait preuve d'un infantilisme exaspérant.

— Quel âge avez-vous ? demanda-t-elle sans se laisser impressionner par cet avertissement muet.

— Dix-huit ans.

— Dix-huit ans ! s'exclama son interlocutrice avec une mimique digne des plus grandes stars hollywoodiennes. Le plus bel âge... Comme vous avez de la chance !

— Il n'y a pas grande différence entre nous, rétorqua Barbara amusée malgré elle.

— Vous vous trompez. Sept ans, c'est énorme... Vous ne pouvez pas savoir. Moi, j'ai perdu toutes ces années à me consummer dans l'attente...

Décidément, sa voix languissante, ses coups d'œil énamourés vers Dorian, offraient un spectacle digne de ce nom.

— Loin de te détruire, le « feu » te rend chaque jour plus jolie, souligna Dorian en lui adressant un sourire fraternel.

— Tiens ? s'écria-t-elle avec une soudaine hystérie. Il t'arrive donc d'ouvrir les yeux ?

Sans comprendre, Barbara perçut une cassure, déchirure violente dans un tissu trop parfait. Dorian s'était levé avec une brusquerie inaccoutumée. Il respira profondément, alluma une cigarette avant de songer à en offrir à ses compagnes.

— Je dois partir, expliqua-t-il avant de se détourner d'elles. Passez une bonne journée, Barbara. Maureen sera un guide parfait si vous décidez de vous aventurer sur l'île.

Comme si elle était restée sourde à ces paroles, la jeune Anglaise lui jeta un regard vif, mêlé d'une mystérieuse supplique, entrouvrit les lèvres comme pour le retenir d'une parole. Il disparut.

— Peut-être avez-vous mieux à faire que de m'accompagner, suggéra Barbara avec gentillesse. Je peux me débrouiller seule, vous savez.

Elle se tut, désemparée par l'expression de détresse absente qui se peignait sur le visage de Maureen. Elle n'était plus qu'un masque effrité, un maquillage défait. Elle s'était lourdement trompée, Maureen Hamilton était loin d'être encore une enfant.

Barbara s'échappa de la maison comme on fuit un enfer. Elle était là seulement depuis quelques heures et déjà toutes ces tensions, tous ces conflits à peine formulés, l'emprisonnaient dans une toile d'angoisse.

Le jardin était une oasis de paix et de fraîcheur. Il s'étendait sur une distance relativement courte mais les différents niveaux du sol taillés en espaliers le rendait plus touffu et plus mystérieux.

Derrière la maison, d'étroites allées grimpaient à l'assaut de la colline entre les pins et les chênes. La présence de cette végétation si semblable à celle de son pays l'étonna. Tout en haut, le terrain était délimité par un muret de pierres. Les arbres s'étaient espacés pour laisser place à une végétation plus méditerranéenne : les feuilles argentées des oliviers bruissaient sous la chaude caresse de la brise et Barbara s'émerveilla de découvrir quelques orangers couverts de fruits juteux, striés de veinules rouge sanguin.

Au-delà du muret, son regard se porta sur quelques autres jardins semblables au cœur desquels s'enfouissaient paresseusement de luxueuses propriétés. Très loin, elle aperçut une plaine jaunâtre, desséchée par le vent et le soleil, parsemée d'une rare végétation. Et la mer un peu plus loin, d'un bleu si sombre par rapport à l'azur immaculé.

Elle redévala la pente jusqu'à la maison, la dépassa en courant et poursuivit vers la route. La voiture de Dorian n'était plus là.

Il était tôt encore, quelques plaisanciers s'interpellaient d'un pont à l'autre. Barbara longea le quai en suivant la courbe serrée de la crique. D'énormes rochers firent place à la route, assaillis par le doux va-et-vient marin. Quelques enfants pêchaient, d'autres se baignaient dans cette eau d'une propreté étonnante.

Plus loin, se dressaient les impressionnants et clairs remparts du Fort Saint-Elme, à la pointe de La Valette.

Ecrasée par le soleil, elle renonça à poursuivre sa marche et s'assit sur un long rocher plat pour laisser ses pieds nus se jouer de l'eau fraîche. Elle devinait les rumeurs du grand port, très loin, mais le riche quartier de Msida Creek commençait à peine à s'éveiller.

Cette solitude soudaine, si douce, l'émerveillait. Que d'événements en deux jours à peine, que de troubles, de remises en question... Elle pensa qu'il serait bien de téléphoner à son père, mais que lui dire exactement, quels nouveaux mensonges inventer ?

Brusquement désireuse de poursuivre plus loin son exploration de la ville, elle décida de retourner chercher son sac oublié dans sa chambre. Elle n'entrevit que la fugitive silhouette d'Edward entre deux portes et grimpa vivement au premier étage. Quand elle ressortit deux minutes plus tard, un violent éclat de voix masculines lui fit dresser l'oreille.

A l'autre bout du couloir, derrière une porte close, Frank déversait sa colère, sur un ton étrangement strident.

— Mais pourquoi as-tu fait cela ? hurlait-il. De quoi te mêles-tu ?

Une voix plus basse lui répondit mais Barbara ne put rien saisir d'intelligible. Elle s'approcha lentement, consciente de son indiscrétion mais incapable de s'y soustraire.

— Cela t'amuse, n'est-ce pas ? Comment ai-je pu me confier à toi ?

— Te confier ! railla la voix de Dorian soudain plus forte. Ne joue pas les victimes, je t'en prie. Tu t'es bêtement vanté d'une bonne farce, rien de plus.

— Tais-toi !

Un court silence rompit leurs cris. Dorian... Etait-il revenu depuis tout à l'heure ? Elle n'avait pourtant pas remarqué le retour de sa voiture.

— Bon, concéda la voix plus calme de Frank. Raconte-moi tous les détails à présent. Tu lui as téléphoné ?

— Oui.

— Et ensuite ? Est-ce elle qui a eu l'idée de venir ?

— Sais-tu seulement à qui tu as affaire ? reprit Dorian avec une pointe d'exaspération. C'est une gamine, elle est à peine sortie de l'enfance, tu ne t'en es pas rendu compte.

— Une gamine ! Laisse-moi rire, le contredit Frank avec vulgarité. Elle ne m'a pas lâché depuis huit mois. Elle était prête à tout pour m'épouser.

— Tu pouvais le lui refuser.

— Elle m'a attendri...

— Arrête, Frank ! Ton attitude est décidément peu glorieuse.

— J'en suis conscient. Tu ne t'es jamais privé de juger chacun de mes actes. J'en ai assez de tes critiques ! Mais aujourd'hui tu as dépassé les bornes. Tu me jettes Barbara dans les bras et je ne sais plus quoi en faire !

Barbara était trop effarée pour s'abandonner à l'émotion. Elle restait près de la porte, hébétée, incapable de fuir ou de leur révéler enfin sa présence.

— Elle t'aime, fit remarquer Dorian d'une voix plus calme. Jusqu'ici aucune femme ne t'a fait cet honneur, tu devrais en profiter et lui savoir gré de sa naïveté.

— Elle ne m'amuse plus. Tout est allé trop loin, tu as raison. J'aurais dû y mettre un terme.

— Tes remords ne sont plus de mise. Barbara est venue jusqu'à toi et... J'ai une chose plus grave à t'annoncer.

— Quoi donc ? balbutia Frank d'une voix blanche.

— Je ne suis pas resté à Paris lors de mon petit séjour en France. J'étais à Cahors...

— Quoi ?! Tu veux dire que tu es allé la chercher ?

— Exactement. J'ai même fait davantage.

Barbara serra les poings devant tant de cynisme. Dorian allait tout révéler à Frank alors qu'elle lui avait demandé un délai. Il était trop tard pour intervenir, Frank les harcèlerait de questions.

— J'ai... épousé Barbara. En ton nom.

Un terrible silence suivit cette révélation. Une chaise glissa à terre comme jetée par une main furieuse.

— Que... Explique-toi, intima Frank sur un ton menaçant.

— Toi et Barbara êtes désormais mari et femme.

— C'est impossible !.

— Si. Je suis en quelque sorte ton... prête-nom. Vous êtes légalement unis.

— Légalement ? Mais tu plaisantes ! Le mariage par procuration n'a plus cours. Et quand bien même cela existerait, je n'ai rien signé.

— Je sais parfaitement imiter ta signature, Frank. Et cela t'a souvent été utile autrefois quand tu me demandais de régler tes affaires à ta place. Si tu contestes ce mariage, un terrible scandale éclatera. La boue rejaillira sur le nom des Hamilton.

— La boue ne nous atteint pas. Mon père...

— Ton père ! Il est vieux et malade, tu ferais mieux de commencer à t'en inquiéter. Il compte sur toi pour l'avenir et cet avenir est plus proche que tu ne l'imagines. Cette histoire lamentable risquerait de... d'aggraver son état...

— Du chantage à présent, Dorian ? Tu ne m'as jamais estimé, ce n'est pas nouveau, mais tu es allé trop loin. Prends garde. Mon père risque de se retourner contre celui qu'il a encensé jusqu'à présent...

— Moi, je n'ai rien à perdre, murmura Dorian avec calme. Je n'ai jamais rien eu à perdre. Ma vie peut changer du jour au lendemain. Je ne me suis jamais installé sur des acquis pour me reposer. Je suis libre.

— Libre ?

— Oui. De partir et de tout recommencer, ailleurs.

Les yeux pleins de larmes, Barbara faillit se laisser tomber au sol.

— Tu n'es qu'un parasite ! lança Frank avec aigreur.

— Je sais.

— Et Barbara ? Comment a-t-elle pu accepter un marché aussi ridicule ?

— Elle est jeune, un peu... perdue. Cela n'a pas été difficile.

— Tu veux dire qu'une fois de plus, ton « irrésistible charme » a produit son petit effet ?

— En quelque sorte...

— Tu me hais, Dorian, n'est-ce pas ? Non pas parce que tu méprises ma légèreté et la façon dont je peux parfois me jouer des gens, mais parce que nous nous ressemblons. Nous avons tous les deux les mains sales.

— Peut-être... convint Dorian d'une voix atone.

CHAPITRE V

BARBARA entendit des pas s'approcher, la poignée tourner lentement. Elle courut jusqu'à sa chambre et, dans sa hâte, claqua la porte avec violence. La respiration haletante, le dos appuyé contre le mur, elle s'efforçait de percevoir les pas feutrés sur la moquette.

Dix secondes plus tard, Dorian était devant elle. Le front balayé par une mèche brune, les mains dans le dos, il gardait une expression indéchiffrable.

— Vous pourriez frapper, fit-elle remarquer d'une voix saccadée.

— Je vous ai entrevue au moment où vous entriez ici. D'où veniez-vous ?

— Je suis allée faire un tour dans le quartier.

— Vous paraissiez bien pressée...

— Oui... Je... J'avais oublié de prendre mon sac, je venais le chercher.

— C'est celui-ci ?

Dorian avait retiré ses mains de son dos, il brandissait une pochette de cuir noir, scrutant Barbara d'un œil attentif et hostile.

— Oui... Où l'avez-vous trouvé ?

Dans sa panique elle avait laissé traîner cet indice.

— Devant la chambre de Frank. Vous vous éparpillez, semble-t-il...

— Oh, taisez-vous !

Elle s'empara vivement du sac et le fouilla frénétiquement à la recherche de son paquet de cigarettes. Mais, Dorian fut plus rapide et lui en tendit une qu'elle prit d'une main tremblante.

— Les cloisons manquent d'épaisseur dans cette maison, je l'ai déjà remarqué. Un terrain idéal pour les oreilles indiscrètes...

— Que voulez-vous...

— Ne biaisez pas davantage, Barbara, c'est inutile. Vous n'auriez pas dû être là. Tant pis pour vous.

Son regard d'or était celui d'une bête traquée.

— Je... Je préfère savoir à quoi m'en tenir, murmura-t-elle d'une voix affermie. Ayez au moins l'intelligence de ne pas me prendre pour une idiote, Dorian. Je vous croyais plus... subtil.

Il parut déconcerté. Sans doute s'attendait-il à un débordement d'injures, de cris et de larmes.

— Quant à l' « indiscrétion » dont vous me taxez du haut de votre arrogance méprisante, je puis vous assurer qu'elle m'a été très utile, et je m'en félicite.

— Vous cachez bien votre force sous vos airs fragiles d'adolescente...

— Chacun ses armes, non ?

— Abandonnez ce vocabulaire guerrier, Barbara. Tout ceci est trop romanesque, vous n'êtes pas ici pour vous battre.

— Oui, bien sûr ! Vous seul avez ce droit. Les autres ne sont que des instruments ou des récompenses. Je suppose que si je me montre bien sage, vous me donnerez Frank enveloppé dans un papier cadeau !

— Le voulez-vous encore ?

Elle frissonna sous l'acuité de son regard vert.

— Il est un peu tard pour me poser cette question. Je vous avais demandé un délai ce matin, vous n'en avez pas tenu compte. Vous vous êtes empressé de porter la « bonne nouvelle » à Frank. Je suis... Je suis d'accord avec tout ce qu'il vous a reproché.

— Tant mieux, vous avez déjà un point commun avec lui.

— Très amusant, railla-t-elle avec un rictus désabusé.

— Je ne trouve pas, la contredit Dorian le plus sérieusement du monde. Vous m'empêchez de m'amuser à mon gré... Je vais être obligé d'adopter une autre tactique.

— Je suis vraiment navrée de ce contretemps !

Elle eut un éclat de rire douloureux qui s'étrangla dans sa gorge. Dorian si près d'elle, ce brutal silence...

— Il y a longtemps que nous ne nous sommes pas embrassés, Barbara, chuchota-t-il avec une insupportable douceur.

— Est-ce là votre « nouvelle tactique » ? Cela fait à peine vingt-quatre heures, ajouta-t-elle en s'efforçant de plaisanter.

— C'est déjà beaucoup trop long...

Ses mains nerveuses s'étaient emparées de sa chevelure. La bouche sensuelle de Dorian effleura ses paupières, ses tempes, sa joue satinée. Leurs corps s'étaient rejoints avec fièvre, se moulaient violemment l'un l'autre.

— Non... Je vous en prie, balbutia-t-elle en se raidissant. Ne jouez pas avec moi, Dorian.

— Jouer ? Mais toute la vie n'est qu'un jeu interminable ! Ceux qui ne savent pas jouer n'ont aucune chance. Moi, j'aime le risque et l'excitation qu'il procure.

— Je sais. Vous n'avez rien à perdre. Mais quelles chances me donnez-vous, à moi ?

— Mais... toutes, Barbara. Toutes... Et ce n'est pas à moi de vous les donner, c'est à vous-même.

— Oh, arrêtez vos boniments ! Je ne suis qu'une

« gamine perdue », vous l'avez dit à Frank tout à l'heure.

Dorian écarta son visage comme pour mieux la contempler. Il lui souriait avec une franchise, une tendresse, qui la firent défaillir.

— Vous êtes vraiment insupportable...

La tension nerveuse de Barbara disparaissait, se dérobait pour faire place à un désir impérieux, dévastateur. Ses paumes effleurèrent les épaules de Dorian. A travers sa chemise, elle pouvait sentir chaque tressaillement de ses muscles. Elle aurait voulu se défaire de ces barrages de tissu entre leurs corps assoiffés l'un de l'autre. Ses mains, ses lèvres, la trahissaient, s'égaraient sur la peau brune de Dorian. Les boutons de nacre sautèrent un à un, presque malgré elle. Ses ongles s'enfoncèrent dans le dos nu de l'homme dont elle s'abreuvait avec une ivresse furieuse. Son chemisier rouge sang tomba à son tour, leurs corps vacillaient sous les mutuelles caresses, le sillage enflammé de leurs bouches fiévreuses.

Dans un éclair, Barbara comprit qu'elle découvrait enfin sa propre liberté, liberté de ses sens, de son esprit, de son cœur, comme si Dorian avait jeté à bas l'étroit carcan qui l'oppressait depuis tant d'années. Et cela, amère ironie, le lendemain de son « mariage » avec un autre. La raison, les contraintes, glissaient à présent sur elle sans pouvoir l'atteindre. Oubli... Vertige... Affolement d'une liberté trop neuve, effrayante...

Dorian avait mille mains, mille lèvres, mille yeux verts qui la regardaient se rendre.

— Je te veux ! murmura-t-il dans un souffle. Tout de suite.

Mais les mots n'avaient pas leur place. Ils se fracassèrent sur elle comme du verre brisé. Elle s'arracha à lui.

— Sortez.

Elle n'avait pas crié. Sa voix venait d'ailleurs. Dorian

demeura quelques secondes interdit, la reprit dans ses bras, sans passion cette fois. Il la maintenait contre lui, le visage enfoui dans sa folle chevelure, immobile.

— D'accord, acquiesça-t-il d'une voix atone. Mais ne vous aventurez plus jamais seule avec moi.

D'un doigt, il lui souleva le menton, la forçant à le regarder droit dans les yeux.

— Il ne faut pas croire tout ce qu'on entend derrière les portes, Barbara.

Elle hocha doucement la tête, surprise par sa sincérité. Un éclair de bonheur traversa fugitivement ses iris dorés. La terrible et merveilleuse certitude qu'ils se retrouveraient un jour, ailleurs peut-être, se lova chaudement en elle.

Dorian eut l'air intrigué et son regard se fit brusquement plus sévère.

— Ce qui vient de se passer n'a rien à voir avec le reste, vous en êtes consciente, j'espère ?

Barbara nota le léger tremblement de sa voix rauque. Dérisoire victoire en vérité...

— Vous voulez dire que... ?

— Vous verrez bien. Ne me posez pas de questions.

Son ton s'était durci. Il acheva de remettre sa chemise puis domestiqua sa chevelure auburn ébouriffée.

— Nous déjeunons à une heure précise, lança-t-il avant de disparaître.

Barbara se replia sur elle-même, s'assit sur la moquette. Seules quelques cendres de cigarette échappées à sa vigilance prouvaient son égarement des minutes précédentes.

Barbara descendit au salon une heure plus tard. Elle s'étonnait que Frank ne lui ai pas donné signe de vie depuis le matin et appréhendait leur rencontre. La présence de Dorian et de Maureen, assis l'un près de l'autre, fut pour elle un soulagement.

Frank la regarda entrer avec un sourire poli. En dehors du verre d'apéritif qu'il tenait à la main, il n'avait plus rien de commun avec l'homme ivre de la veille. Une fois de plus, elle le retrouvait tel qu'elle l'avait connu à Paris, mais les souvenirs dont elle s'était bercée ne lui étaient plus d'un grand secours.

Frank leva son verre en guise de salut et lui offrit un siège. Après la scène surprise le matin, ce calme empreint d'une politesse calculée l'effrayait.

Maureen ne fit pas attention à la nouvelle venue. Elle chuchotait à l'oreille de Dorian et seuls ses rires étouffés meublaient le silence.

Frank continuait à la jauger, attentif à ses moindres expressions et son regard noir semblait empli d'une implacable accusation. Comment avait-elle pu le trouver beau jusqu'à présent ? Il avait jeté son masque et révélait son visage bouffi par l'alcool, la mesquinerie de sa bouche pincée, la lourdeur de son menton.

— Vous avez à me parler ?

Dans le silence, la voix de Barbara, un peu rauque, résonna avec une surprenante gravité.

— Comment l'avez-vous deviné ? railla Frank avec une ombre de sourire.

Elle ne répondit pas. S'il connaissait son indiscrétion matinale, il serait peut-être moins sûr de lui. Après tout, elle était venue à Malte pour obtenir une explication.

Machinalement, elle jeta un coup d'œil à Dorian. Il était impassible.

— Nous vous dérangeons peut-être, suggéra Maureen. Nous pouvons sortir si vous voulez.

— C'est inutile, répliqua Frank en se tournant vers sa sœur. Nous n'allons pas tarder à passer à table. J'ai tout le temps cet après-midi de m'entretenir avec notre invitée seul à seule...

— Hum... toussota Dorian en allumant une cigarette. Tu oublies la réunion au journal. C'est important, tu le sais et ton père compte sur toi…

— Je sais, merci, aboya-t-il sèchement. Je n'avais pas l'intention de m'y dérober mais la date m'avait échappé.

— Soit, acquiesça Dorian avec un faux sourire.

Ils se mesurèrent du regard pendant quelques secondes. L'atmosphère était pratiquement irrespirable. Barbara jeta un œil vers Maureen. Sa distance, son air innocent, lui firent penser qu'elle n'était au courant de rien, ou du moins qu'elle se désintéressait de leur conflit. Elles se sourirent.

« Bizarre…, pensa Barbara. Aurais-je une alliée insoupçonnée ? »

Edward vint les prévenir que le déjeuner était servi. Tous quatre passèrent dans la salle à manger et prirent place autour de la grande table ronde.

Chaque échange de regard était synonyme d'une joute silencieuse et Barbara songea avec un soupçon de cynisme que tout cela aurait pu être passionnant si elle ne s'était pas sentie si étroitement impliquée.

Le chant des oiseaux, les rares rumeurs de la rue écrasée de soleil, pénétraient dans la pièce par les fenêtres ouvertes. Quelle joie de vivre au-dehors, quelle sérénité, alors qu'ils étaient là, tous les quatre, à s'épier, à se déchirer sous de multiples prétextes.

— Quand rentre votre père ? hasarda Barbara qui espérait soudain la venue d'un nouveau personnage.

Ce fut Maureen qui lui répondit :

— Oh… Demain ou après-demain, nous ne le savons pas au juste. Mais au fait, ne devais-tu pas le rejoindre à Genève, Frank ?

— Je ne le lui ai pas confirmé. C'est un peu tard maintenant… Et puis, je ne peux pas abandonner Barbara alors qu'elle a parcouru une telle distance pour venir me voir…

Sa bouche se décrispait à peine et les mots en jaillissaient péniblement, comme s'ils l'écorchaient.

— Barbara n'est pas un obstacle, fit remarquer Dorian avec indifférence. Elle ne refuserait certainement pas un petit voyage avec toi...

— Un voyage... de noces? murmura Frank d'une voix mielleuse.

Aucun d'eux ne s'était tourné vers l'intéressée. Ils discutaient d'elle comme d'une absente.

— A quoi rime cette plaisanterie? s'exclama Maureen. De quelle noces parlez-vous?

— Rien, maugréa Frank en la faisant taire d'un geste autoritaire. C'est une allusion subtile. N'as-tu jamais remarqué comme Dorian et moi nous nous comprenions à demi-mot?

Maureen resta interdite face à l'ironie sous-jacente de son frère.

— Si... Bien sûr. Nous nous sommes toujours parfaitement entendus tous les trois. Depuis... Depuis le premier jour.

Barbara la considéra d'un air effaré. Elle reconnaissait cette détresse entrevue le matin. La jeune Anglaise semblait ramasser fébrilement les éclats épars d'un précieux objet brisé.

— Vous souvenez-vous... poursuivit-elle d'une voix précipitée. Quand nous allions jouer dans les oueds à la saison des pluies?

— Oh oui! s'exclama Frank. Le jeu favori de Dorian était de me pousser dans l'eau. Toi, tu le regardais faire, et tu riais.

— Mais un jour j'ai failli me noyer et Dorian est venu me chercher, reprit Maureen plus doucement. Tu te le rappelles, Dorian?

Il la fixa sans répondre.

— Et tu nous apprenais à tailler le bois, à pêcher. Nous n'avions jamais fait cela avant ton arrivée.

« Des fous! pensa Barbara en les écoutant. Je suis

dans une maison de fous... Ils ont passé trente ans et s'expriment comme des gamins. » Elle excluait Dorian de ce jugement sévère. Mais Maureen et Frank évoquaient cette époque avec une passion disproportionnée, comme si c'était hier.

— Cessez vos enfantillages, murmura Dorian d'une voix lasse. C'est fini tout cela.

— Mais...

— Arrête, Maureen, je t'en prie. Tu te rends ridicule. Nos souvenirs n'intéressent pas Barbara.

Le visage de la jeune Anglaise devint livide, cireux. Dans ses yeux bleus l'incompréhension fit place à une sorte de terreur. Elle se leva de table en bousculant son assiette et quitta la pièce en courant. Ils l'entendirent éclater en sanglots.

— Dorian est toujours très délicat avec ma sœur... grimaça Frank à l'adresse de leur invitée. Ce genre d'incident se reproduit quotidiennement. Je suis désolé, Barbara, nous vous offrons un triste spectacle.

Mais cette fausse tempérance, loin de la rassurer, la dégoûta davantage.

— Tu sais parfaitement ce qu'il en est... articula Dorian en dardant sur Frank un regard menaçant.

— C'est vrai. Je sais que tu joues avec elle comme un chat avec une souris déjà agonisante.

— Tais-toi ! Je ne lui donnerai jamais ce qu'elle demande, je le lui ai dit.

Plus personne ne mangeait les mets pourtant délicieux et abondamment épicés préparés par la cuisinière maltaise. Barbara n'en avait pas senti le goût, les plats étaient à peine entamés.

— Pourquoi cet entêtement ? insista Frank avec une feinte bienveillance. Maureen est jolie, aussi désirable qu'une autre femme. Ne me fais pas croire que cela représenterait un gros sacrifice pour toi. Pourquoi lui refuses-tu ce que tu distribues avec tant de largesse aux plus belles femmes de l'île ?

— Tu n'as jamais rien compris et tu ne comprendras jamais rien.

Dorian avait parlé d'une voix blanche, ses paupières battirent à plusieurs reprises, aux prises avec une émotion violente. Frank savourait sa victoire et poursuivit d'une voix plus suave :

— Si c'est la peur de la déflorer, ne t'inquiète pas pour elle, elle ne t'a pas attendu...

Le coup partit avant qu'il n'ait eu le temps d'achever sa triste et vulgaire pitrerie. Les deux hommes se retrouvèrent face à face, tendus l'un vers l'autre comme prêts à l'attaque. Seule la table les séparait et Barbara vit l'instant où le service de porcelaine anglaise allait voler en éclats.

— Ça suffit ! s'écria-t-elle en se levant à son tour. Etes-vous réellement tous fous ?

Dorian fut le premier à se rasseoir. Seule sa respiration hachée trahissait sa tension. Frank se tenait le visage, un filet de sang s'échappait de son nez. Il esquissa un sourire mauvais, plein d'une promesse de vengeance. Comme s'il redoutait d'affronter à nouveau un adversaire plus fort, il se tourna vers Barbara :

— Votre indignation me paraît bien déplacée. Est-ce l'évocation de Maureen qui vous dérange ? Votre histoire n'est pas tellement différente, vous savez. Mais vous, vous avez su être plus habile...

— Nous en reparlerons, balbutia Barbara surprise par cette nouvelle attaque.

— Pourquoi toujours remettre à plus tard ? Je vous fais peur ?

— Absolument pas. Mais vous êtes si... lunatique.

Frank partit d'un grand éclat de rire puis s'arrêta net. Il tendit sa main vers le visage de Barbara, lui saisit le menton et l'obligea à le regarder.

— J'ai de sincères félicitations à vous adresser, articula-t-il gravement. Vous faites preuve d'une maîtrise étonnante...

Ses doigts se resserraient sur sa mâchoire. Il lui faisait mal et Barbara se sentit envahie par une peur incontrôlée.

— Vous êtes fière du petit tour que vous m'avez joué, n'est-ce pas ? poursuivit-il sans la lâcher. Il est inutile de revenir en arrière mais laissez-moi simplement vous dire que moi aussi je me suis beaucoup amusé quand vous vous accrochiez à moi comme une désespérée. J'ai cependant manqué de finesse. Je croyais tenir les ficelles et je n'avais pas prévu que vous me coifferiez au poteau !

Sa colère, à mesure qu'il parlait, s'aggravait, devenait plus froide et plus profonde.

— J'ai une seule question à vous poser. En dehors de cela, vos états d'âme et toutes les excuses que vous pourriez me fournir ne m'intéressent pas...

— Vous avez assez ménagé le suspense, fit remarquer Barbara sans laisser voir son émotion et sa peur. Que voulez-vous savoir ?

— Tenez-vous toujours à être ma femme ?

— Je... Je ne sais pas...

Une lueur brilla dans l'œil noir de Frank. Il avait remarqué son affolement et paraissait s'en réjouir.

— Vous ne savez pas, répéta-t-il d'un ton victorieux. Eh bien, tant pis pour vous, jolie Barbara. Désormais, la décision m'appartient...

— Et... Que décides-tu ? questionna Dorian qui jusqu'ici s'était contenté d'assister à la scène.

— Je vais réfléchir. Rien ne presse, n'est-ce pas ?

— Quelle idée as-tu derrière la tête ? insista Dorian d'une voix moins assurée.

Barbara se dégagea violemment de la main de Frank avant de s'écrier :

— Eh bien, Dorian ? Réjouissez-vous donc ! Pourquoi êtes-vous si pâle tout à coup ? Tout se passe comme prévu, comme *vous* aviez prévu.

Elle était au bord de la crise de nerfs. Frank la regardait, un sourire amusé au coin des lèvres.

— Vois, Dorian, comme nous sommes cruels avec ces dames... Après Maureen vient le tour de Barbara. Je vous laisse régler vos comptes, ajouta-t-il en se levant calmement. Je manque de sommeil depuis quelques jours, j'ai besoin d'une petite sieste.

Il leur adressa un salut comique et disparut dans le hall. Barbara était en larmes. Son esprit n'était que confusion, vide opaque, détresse.

— Cessez de pleurer, je vous en prie, cela suffit pour aujourd'hui.

— Mais il me menace ! hurla Barbara. Il me fait peur.

— Ne soyez pas inutilement sensible. Frank a profité de l'atmosphère un peu dramatique de ce déjeuner pour faire son petit numéro. Il est meilleur psychologue que vous ne le pensez. Il se venge, c'est très simple.

— Mais je dois être devenue folle, hoqueta-t-elle entre deux sanglots. Depuis que je vous ai rencontré, c'est comme si j'avais atterri sur une autre planète, où tout est absurde, violent, où les humains se déchirent comme des bêtes !

Dorian émit un sifflement de dérision.

— Vous ne connaissez décidément rien à la vie. Il n'y a que la mort qui soit irréversible. Les Hamilton sont peut-être un peu plus extravertis que d'autres, ils s'ennuient. Les querelles quotidiennes font passer le temps.

— Je n'arrive pas à décider lequel de vous deux est le plus cynique. Si je ne me raisonnais pas, je penserais que tout cela est un coup monté par vous et Frank pour une raison qui m'échappe.

— C'est une hypothèse, effectivement...

Dorian se leva avec indifférence.

— Détendez-vous Barbara. Maintenant au moins,

vous connaissez la vraie personnalité de celui que vous vouliez épouser. Ne vous ai-je pas rendu service ?

— Toute cette mise en scène était-elle indispensable ?

— Pour vous peut-être. Vous étiez tellement... convaincue de vouloir l'épouser...

— Mais alors, cela ne se passe pas comme vous le vouliez. Tout est fini et...

— Rien n'est fini.

Dorian, les mains dans les poches de son pantalon, s'était approché de la fenêtre. Il lui tournait le dos mais le ton de sa voix la pétrifia.

— Vous devriez proposer une promenade à Maureen cet après-midi. Elle aussi, manque d'occupations. A ce soir, lança-t-il avec désinvolture avant de se diriger vers la porte.

Barbara resta sur sa chaise durant plusieurs minutes, regardant Maria aller et venir pour débarrasser la table. Elle savait, de façon certaine, qu'elle ne reviendrait pas indemne de Malte.

Elle n'eut aucun mal à trouver la chambre de Maureen. Du fond du couloir, lui parvenaient les accords d'un rock effréné. La musique était trop forte pour que la jeune Anglaise puisse l'entendre frapper. Elle ouvrit donc doucement la porte et jeta un œil dans la pièce baignée de pénombre.

Les volets étaient fermés, pour toute lumière seul luisait le voyant rouge de l'amplificateur.

— Maureen ? Vous êtes là ? appela Barbara en s'aventurant dans la chambre.

— Entrez, répondit froidement la voix claire de la jeune femme. Je pensais bien que vous viendriez me trouver.

Peu à peu, Barbara distingua une forme recroquevillée dans un large fauteuil.

— Pourquoi cela ?

— La petite scène de midi vous a intriguée, non ?

— C'est vrai, avoua Barbara simplement. Mais je ne suis pas venue pour vous en parler, cela ne me concerne pas.

— Vous êtes une jeune fille très bien élevée, commenta Maureen avec un soupçon de déception.

— Pourriez-vous m'accompagner cet après-midi ? demanda Barbara d'une voix enjouée.

— Où cela ?

— J'aimerais me promener un peu dans l'île. Et me baigner surtout.

— Ce n'est pas une mauvaise idée, approuva Maureen après quelques secondes de silence.

Elle bougea enfin, alluma un petit spot dirigé vers le plafond. Son visage portait encore les sillons de ses larmes. Elle regarda l'intruse avec une sorte de défi.

— Comment me trouvez-vous ? questionna-t-elle brusquement.

— Vous voulez dire... physiquement ?

— Bien sûr ! s'exclama-t-elle avec colère.

— Mais... Vous êtes très belle, murmura Barbara qui se demandait où elle voulait en venir.

— Vraiment ? Ce n'est pas l'avis de tout le monde...

— Est-ce si important ?

— Pour moi, oui.

Elle évoquait une telle fragilité, une telle détresse que Barbara ne put s'empêcher d'être émue. Sous son fard, Maureen n'avait plus rien de la femme légère qu'elle s'appliquait à être.

— Personne ici ne peut m'expliquer pourquoi Dorian me rejette, murmura-t-elle d'une voix saccadée.

— Ce n'est pas une question de physique... hasarda timidement Barbara que ce sujet effrayait.

Elle revoyait la peau nue de Dorian, ses lèvres... Comment parler de lui avec celle qu'il blessait si cruellement ?

— Vous le connaissez mal, lança Maureen avec un rire nerveux. Il ne recherche ni l'intelligence ni la finesse. Il s'affiche avec les plus belles et les plus idiotes. Et je sais qu'il les méprise, même s'il ne l'a jamais dit.

Son visage encadré de blond était déformé par la passion et la douleur. Elle serra les poings rageusement.

— Elles défilent dans son lit comme à un concours de beauté ! poursuivit-elle avec une vulgarité volontaire. Il n'en a jamais aimé une seule.

— Calmez-vous, je vous en prie, répondit Barbara en s'approchant d'elle. Dorian vous aime, il a beaucoup d'affection pour vous.

— Et moi j'essaie de leur ressembler ! s'écria Maureen à nouveau en larmes. Il ne semble même pas s'en apercevoir.

— Il vous aime plus que toutes ses maîtresses réunies, murmura Barbara avec sincérité. Mais comme... comme une sœur...

— Je sais, il me l'a déjà dit. Mais il se trompe. Il avait seize ans quand mon père l'a amené et moi j'en avais huit. Je ne veux pas de son affection fraternelle. Je veux qu'il soit mon mari, mon amant !

Barbara la regarda pleurer, impuissante. Elle devait faire appel à toutes ses forces pour ne pas se laisser gagner par le désespoir de Maureen. Une seule idée l'obsédait à présent, scandée sur un rythme lancinant : chasser Dorian de ses pensées, l'oublier avant qu'il ne soit trop tard. Surtout, ne jamais être amoureuse d'un homme de cette façon-là...

— Venez, Maureen. Allons-nous baigner, proposa-t-elle au bout de quelques instants.

Elle caressa la chevelure soyeuse de celle dont elle se sentait désormais si proche et lui sourit affectueusement.

— Vous avez raison, convint Maureen d'une voix enrouée. Je suis idiote. Voulez-vous que je vous prête un maillot de bain ?

— J'en ai un, merci. Je vais me changer et nous partirons aussitôt, d'accord ?

Dix minutes plus tard, elles roulaient vers le nord de l'île sur une route en mauvais état. A Malte, la végétation n'était luxuriante que dans les riches jardins abondamment abreuvés. Partout ailleurs, l'eau manquait. Sur la plaine, s'étendait une sorte de garrigue principalement composée de champs de thym et de cactus. De loin en loin quelques basses maisons blanches surplombées de terrasses ensoleillées. Quelques chèvres, de maigres troupeaux de moutons, allaient et venaient à leur guise.

Ravie d'avoir une compagne, Maureen avait retrouvé un semblant de sourire et révélait des trésors d'amabilité.

— L'île est minuscule, vous savez. Vous en aurez vite fait le tour.

— C'est sans importance. Je préfère un séjour calme au tourisme effréné.

Elles longèrent la côte découpée de larges échancrures puis descendirent à pied dans une baie minuscule abritée du vent.

— En cette saison il faut rechercher les plages les plus sauvages, les vacanciers envahissent tout !

L'endroit était loin d'être désert mais Maureen entraîna son amie vers les rochers à l'extrémité de la baie. Elles nagèrent pendant longtemps, jouèrent comme deux enfants. Depuis des jours, des semaines, Barbara ne s'était pas sentie aussi détendue.

Allongée sur les rochers brûlants, elle évoqua pour Maureen la vie avec son père, les incessants voyages puis sa première année de liberté à Paris. Maureen avait beaucoup voyagé aussi mais elle en avait perdu le goût depuis quelques années. Tout naturellement, la conversation tomba sur Frank.

— Racontez-moi votre rencontre avec mon frère. Vous vous êtes dérobée ce matin.

— Oh, c'est une histoire banale, vous savez. Je passais une soirée chez des amis espagnols que je connaissais depuis plusieurs années, et Frank était là. Nous avons sympathisé.

— Et ensuite ?

Barbara se força à sourire. La suite... Elle ne l'avait jamais dite à personne. Elle éprouva pourtant le besoin de se livrer entièrement.

— En fin de soirée, Frank était un peu... éméché. Il s'est mis à pleurer comme un gamin, il a refusé de rentrer à son hôtel. J'avoue que j'étais un peu impressionnée. Il a demandé à Juan et Dolores de le loger chez eux pour la nuit mais ils n'avaient pas de place, ils vivaient dans un studio minuscule.

— Alors vous l'avez emmené chez vous ?

— Oui. J'avais une chambre à lui offrir... Il s'est jeté sur le lit, il s'est endormi aussitôt.

— Vraiment ? s'écria la jeune fille en levant un sourcil étonné. Je le reconnais bien mal !

— C'était aussi bien pour moi, répliqua Barbara d'un ton plus sec. Il était ivre mort et j'ignorais alors que cet état était pratiquement quotidien chez lui...

— Vous exagérez.

— Je ne crois pas.

Elle ferma les yeux. En quelques jours, ses souvenirs s'étaient dépouillés de toute fioriture. Plus rien ne les enjolivait.

— Le lendemain matin, je dormais à poings fermés quand le téléphone a sonné. Le temps que je réagisse, Frank s'était levé, il avait décroché...

— Qui était-ce ?

— Mon père. Sur le moment il n'a rien dit mais le soir même il était chez moi.

— Frank était reparti ?

— Oui.

— Que vous a déclaré votre père ?

— Ce n'est pas difficile à imaginer. Il m'a traitée de

tous les noms puis il m'a demandé de décliner l'identité de mon supposé amant. Il connaissait votre famille bien sûr et s'est quelque peu radouci. Mais il exigeait réparation. Il... Il m'a dit que je devrais l'épouser...

— Vous n'avez pas cherché à le détromper ?

— Si, bien sûr. J'ai manqué de conviction peut-être. Au fond de moi, je me sentais coupable de je ne sais quel forfait... Ensuite, j'ai revu Frank, un peu au hasard. Je l'attirais, c'était visible et j'ai cru que cela suffisait...

— Suffisait pour quoi ?

— Pour se marier. J'ai cru l'aimer moi aussi. Je lui écrivais des lettres enflammées auxquelles il répondait. L'imagination, la hâte de mon père ont fait le reste...

— Mais... Rien n'est encore conclu ! s'exclama Maureen surprise par l'expression sombre de Barbara.

Celle-ci faillit la détromper mais, sans savoir pourquoi, se ravisa. Il était inutile de mentionner le rôle équivoque de Dorian et ses désillusions.

— Frank et moi avions cependant projeté de nous marier.

— Le cachotier ! Il ne m'en a jamais parlé.

« Et pour cause... » songea Barbara avec amertume. « Il s'est moqué de moi d'un bout à l'autre. »

— Votre père est un peu rétrograde, souligna Maureen en riant. Mais si vous n'êtes pas sûre d'être amoureuse de Frank, vous pourrez toujours leur faire entendre raison à tous les deux.

— Pour Frank, ce sera inutile, nous avons pratiquement rompu.

— Ah bon ? murmura Maureen subitement redevenue grave. Alors, vous allez repartir ?

— Bientôt sans doute.

La jeune Anglaise eut l'air un peu soulagée.

— Vous savez, avoua-t-elle avec un petit sourire, quand je vous ai vue ce matin dans la salle à manger, j'ai cru que vous étiez la dernière conquête de Dorian. Vous m'excuserez d'avoir été un peu... froide.

Barbara se contenta de sourire, incapable de formuler un semblant de démenti.

— Votre histoire est un peu anachronique, articula Maureen d'une voix rêveuse. Mais qui sait ? En poussant un peu plus loin les choses...

Elle se redressa brusquement sur un coude, fixa son amie d'un regard illuminé de victoire et de joie.

— Vous m'avez donné une excellente idée...

CHAPITRE VI

TOUT s'était calmé brusquement. Barbara en arrivait même à douter d'avoir assisté à des scènes violentes ou pénibles. Lorsqu'elle était rentrée de la plage en fin d'après-midi, aux côtés d'une Maureen tout à fait rayonnante, l'atmosphère de la grande maison l'avait frappée par sa sérénité. En passant devant le salon, elle avait perçu la douce mélodie d'une sonate de Beethoven mais elle était directement montée dans sa chambre.

Le dîner, servi aux alentours de dix heures du soir, fut presque amical. Frank, Dorian et Maureen redoublaient d'amabilité envers leur invitée, jusqu'aux regards échangés, vides de toute tension, de toute animosité.

Barbara se retira assez tôt néanmoins, mais malgré sa fatigue, tarda à trouver le sommeil.

« Le calme qui précède la tempête... » songeait-elle en retrouvant cette sourde angoisse désormais familière.

Le lendemain matin, Maureen fit irruption dans sa chambre.

— Allons, debout ! s'exclama-t-elle d'une voix joyeuse. C'est dimanche aujourd'hui et si vous devez nous quitter bientôt, j'ai encore une foule d'endroits à vous faire découvrir.

Barbara se laissa gagner par le dynamisme de son amie. Celle-ci l'aidait à dédramatiser la situation. Si Maureen pensait qu'elle repartirait rapidement, cela lui serait sans doute plus facile d'en prendre la décision.

— Frank n'est pas là aujourd'hui, je ne vous prive donc pas de sa compagnie.

— Il est parti ? questionna Barbara d'une voix indifférente.

— Oui. Il devait aller à Rome. Il rentrera demain dans la journée.

— Et... Dorian ?

— Il travaille, murmura Maureen en souriant un peu tristement. Il y a longtemps qu'il n'a pas passé une journée entière avec nous.

— Mais on est dimanche.

— Personne ne sait ce qu'il fait exactement.

D'un geste las, elle mit fin à la conversation et quitta la chambre.

— Vous avez tout juste le temps de boire un café. Je vous attends en bas !

Elles passèrent la matinée à Mdina, l'ancienne capitale de Malte, au cœur de l'île. « La Cité du Silence » comme la nommaient les Maltais, cernée de ses hauts remparts, semblait refermée sur ses traditions séculaires. La chaleur, les ruelles étroites et tortueuses, les portes basses devant lesquelles travaillaient de vieilles dentellières insensibles à l'agitation touristique, tout cela rappelait à Barbara les quelques voyages en Afrique du Nord qu'elle avait effectués aux côtés de son père. Elles déjeunèrent frugalement dans une auberge modeste avant de gagner la côte sud-ouest à laquelle les falaises inhospitalières donnaient un charme sauvage. Elles se reposèrent une heure à l'ombre d'une tour de guet comme en avaient érigé les chevaliers de Malte tout le long de la côte.

En milieu d'après-midi, quand une brise légère vint rafraîchir cette terre écrasée de soleil, Maureen proposa à son amie d'aller prendre un verre dans un restaurant de la Valette.

Barbara eut l'impression de replonger brutalement dans la civilisation moderne. Mais le bar dans lequel Maureen l'entraîna était un vestige d'un autre genre : celui de la colonisation anglaise. Le plafond de stuc rose orné de moulures bleues, des lustres ternes malgré leur taille gigantesque. Sur un canapé de cuir usé, un vieux couple anglais discutait à voix basse, les visages immobiles, semblables à des personnages du Musée Grévin. Dans un coin du bar, deux musiciens maltais égrénaient en sourdine les accords d'une célèbre mélodie d'avant-guerre.

— Cet endroit me fait rire ! s'exclama Maureen en s'élançant vers un tabouret métallique près du bar. Tout est tellement... anachronique.

Barbara n'osa pas la contredire mais se sentit envahie de tristesse. Elles commandèrent des cocktails à base de gin et les sirotèrent silencieusement. Peu à peu l'établissement se remplit d'Européens plutôt âgés, ombres silencieuses et mécaniques. Pourquoi Maureen venait-elle dans cet endroit ? L'île ne devait pourtant pas manquer de lieux plus gais.

Une demi-heure plus tard, Barbara proposa de rentrer à Msida Creek. Maureen la suivit sans grand enthousiasme mais s'arrêta devant le bar en poussant un cri de joie. Un grand jeune homme blond, de son âge sans doute, venait vers elle.

— Oh, Peter ! s'exclama-t-elle en courant vers lui. Je croyais que tu ne viendrais plus.

Elle se jeta dans ses bras et l'embrassa avec fougue avant de le présenter à Barbara.

— Voici Peter Rawlings, un grand ami. Il vient souvent ici et j'avais envie de vous le présenter.

Le nouveau venu salua Barbara avec une chaleureuse

politesse. Il tenait Maureen par la taille et chacun de leurs gestes témoignaient d'une indéniable intimité. Elle se souvint des paroles de Frank concernant sa sœur. Maureen se consolait comme elle pouvait de l'indifférence de Dorian.

— Si nous dînions ensemble ce soir, proposa Peter.

Maureen acquiesça aussitôt et chercha l'approbation de son amie.

— Je vais rentrer je crois...

— Pourquoi ? Frank ne sera pas là, vous savez.

Maureen détaillait son amie avec une lueur de défi dans ses prunelles bleu pervenche. Comme par un accord tacite, aucune d'elles ne mentionna Dorian.

— C'est bon, alors je reste.

La soirée fut somme toute agréable.. Bien qu'un peu falot, Peter était de bonne compagnie. Maureen déployait de visibles efforts pour lui prouver un attachement qu'elle ne ressentait sans doute pas. Barbara en éprouva une sorte de pitié qu'elle ne parvint pas à effacer.

— Comment cela se passe-t-il à l' « Evening Post » ? demanda la jeune Anglaise alors que le dîner touchait à sa fin. Peter travaille au journal, expliqua-t-elle à l'adresse de Barbara.

— Oh... Je ne sais pas si je vais y rester encore longtemps, commença leur compagnon avec un air sombre. Cela devient vraiment difficile...

— Dorian ?

— Oui, il est insupportable. Je le soupçonne de vouloir décourager tous les journalistes anglais.

Barbara avait dressé l'oreille.

— Il nous traite encore comme d'affreux colonisateurs, poursuivit Peter avec un rire sans joie. Nos articles sont trop superficiels, paraît-il.

— Il a peut-être raison... hasarda Maureen avec une certaine indifférence.

— Tu prends toujours sa défense, remarqua son ami

avec humeur. Mais il n'est pas de notre bord, il serait temps de s'en apercevoir.

— C'est un Hamilton ! s'exclama Maureen avec virulence. Il fait partie de ma famille, je te le rappelle.

— Oh, Maureen, maugréa Peter avec lassitude. Personne chez vous ne se rend compte du rôle de Dorian, ton père moins que les autres. Il lui fait une confiance aveugle, il lui confie, en plus de son poste de directeur, un rôle primordial dans la gestion de plusieurs organes de presse, en Italie, en Tunisie.

— Et alors ? Puisqu'il en est capable.

— Bien sûr. Mais il n'y aura bientôt plus personne pour faire contrepoids. Ton frère ne s'oppose jamais à lui, il se désintéresse de tout...

— Pourquoi devrions-nous nous opposer à lui alors qu'il travaille plus que nous tous réunis ? protesta encore la jeune femme.

— C'est une question politique, Maureen. Tu ne t'en doutes pas ?

— Tu parles comme un aristocrate qui cherche à conserver ses énormes privilèges... lança-t-elle en riant. Dorian est plus progressiste. Il sait sûrement de quoi il parle.

— Oui. Il est né dans la rue et il est maltais, c'est son principal argument ! railla Peter avec une cruelle ironie. Il est habile surtout ! En dix ans, il s'est infiltré partout, il occupe les postes-clés et ton père n'a pas encore compris que Dorian était sa mort, la fin de sa suprématie.

— Tu exagères toujours. Dorian est comme un vrai fils pour lui. Je suis sûre que ses idées ne l'effraient pas. Au contraire, il s'en réjouit secrètement.

— Si tu le crois...

Barbara avait suivi la discussion avec un intérêt grandissant. Elle n'avait en fait rien appris de concret mais toutes ces allusions, ces sous-entendus, traçaient un portrait de Dorian qu'elle ne pouvait s'empêcher d'admirer. Cependant, elle n'osa pas questionner ses compagnons. Subitement et bien malgré elle, elle envia Maureen qui le connaissait si bien, qui partageait avec lui une intimité, même fraternelle, à laquelle elle n'aurait jamais droit.

— Je vais rentrer, je suis fatiguée, dit-elle soudain en se levant de table.

D'abord surprise, Maureen se fit une raison.

— Prenez la voiture. Peter me raccompagnera.

En quittant le restaurant, elle se retourna vers eux. Ils étaient étroitement enlacés. Elle sourit. Pourquoi Maureen ne se contentait-elle pas de la tendresse calme et prévenante que lui prodiguait Peter ? « Et toi, t'en contenterais-tu ? » murmura en elle une petite voix rieuse. L'image de Frank s'imposa à son esprit.

— Non, plus maintenant... se chuchota-t-elle en montant dans la voiture de Maureen.

Barbara décida de consacrer sa journée du lendemain à découvrir le cœur de La Valette. Elle se sentait délaissée, abandonnée, mais loin d'en vouloir à Frank, elle lui était en réalité reconnaissante de faire si peu cas d'elle. Il oublierait sûrement très vite ce mariage par personne interposée. Quant à Dorian, il ne lui devait rien, elle n'avait aucune illusion à ce sujet.

L'idée de quitter l'île le jour même l'effleura mais elle la repoussa aussitôt. Quand bien même cela créerait de nouvelles tensions, elle devait se mettre d'accord avec Frank sur l'annulation de leur mariage. Elle décida de lui en parler le soir même.

Durant toute la matinée, elle erra donc dans les amusantes ruelles de La Valette qui se croisaient à angle droit. Les rues étaient étroites, bordées par de vieux immeubles de quatre ou cinq étages, émaillés de « bow-windows », ces petits balcons saillants en bois et verre, entièrement fermés. Au-dessus de la rue étaient tendues des cordes à linge surchargées, ployant sous le poids de vêtements déjà secs.

En dehors de quelques immeubles luxueusement rénovés et de riches boutiques, les rues de Malte respiraient la pauvreté ou du moins des conditions de vie très modestes. Les passants étaient très dignes, mais souriants et affables. Partout, des boutiques d'artisanat offraient aux touristes une profusion de poteries, dentelles finement ouvragées, tissages et objets en verre soufflé.

Toutes les rues descendaient vers le port et le Fort Saint-Elme à la pointe de la presqu'île, formant parfois de véritables entonnoirs. Peu de voitures circulaient, les rues étant souvent interrompues par des escaliers de pierre.

Peu à peu, Barbara se sentit envahie par une tristesse, un désintérêt pour tout ce qui l'entourait, qu'elle ne sut à quoi attribuer. Elle dépassa sans les voir les musées archéologiques, l'Auberge de Castille où se réunissaient autrefois les Chevaliers de Malte. C'était pourtant l'un des rares vestiges de l'Ordre épargné par les bombardements de la dernière guerre.

Elle s'assit sur un banc de pierre au milieu d'un jardin aéré avant de reprendre sa marche.

Il était près de midi, lorsqu'elle parcourut Saint-John Street, l'une des rues les plus typiques de la ville. Soudain, sur la façade décrépie d'un vieil immeuble, elle découvrit une plaque discrète signalant les bureaux de l' « Evening Post ». Malgré elle, son cœur se mit à palpiter comme si elle s'attendait à voir Dorian surgir de la sombre entrée du bâtiment.

Elle s'éloigna de quelques pas, s'absorba dans la contemplation d'une vitrine, revint enfin et, d'un pas décidé, grimpa les marches d'un vieil escalier de bois.

Derrière la porte close, elle percevait des exclamations de voix, le crépitement de plusieurs machines à écrire, des sonneries de téléphone incessantes. Le battant s'ouvrit et un homme assez âgé, un dossier à la main, se trouva face à elle :

— Mademoiselle, vous désirez ? lui demanda-t-il en anglais.

— Oh, heu... J'aimerais voir M. Hamilton. Est-il ici ?

L'inconnu lui désigna un groupe tout au fond de la pièce et lui céda le passage avant de sortir.

C'était une longue salle, relativement basse de plafond, encombrée de bureaux et de rangements. Malgré les nombreux ventilateurs, il y régnait une atmosphère surchauffée et enfumée. Cinq ou six personnes assises à leur bureau levèrent à peine la tête au passage de l'inconnue. La rédaction de l' « Evening Post » bourdonnait comme une ruche.

Barbara s'approcha du groupe qu'on lui avait désigné. Quelques hommes en bras de chemise étaient réunis autour de Dorian, échangeant des répliques hachées dans une langue qu'elle ne comprenait pas.

Assis sur un bureau, une cigarette aux lèvres, Dorian les écoutait avec une attention mêlée de lassitude. Il leva soudain les yeux sur elle tandis qu'elle s'approchait avec hésitation. Ses lèvres dessinèrent un sourire mais il continua à la regarder sans rien dire. Barbara se perdait à nouveau dans ses yeux irrésistibles, les battements de son cœur s'accélérèrent.

Enfin il se mit debout, coupant court à la discussion de ses collaborateurs étonnés, et vint jusqu'à elle.

— Vous venez m'inviter à déjeuner ? plaisanta-t-il en lui effleurant la joue. C'est une bonne idée, je meurs de faim.

Barbara hocha la tête, incapable de prononcer une seule parole. Dorian lui présenta les hommes réunis autour de lui. Il parlait en maltais et tous se mirent à rire sans qu'elle sût pourquoi. Elle était furieuse et surtout mal à l'aise.

— Que leur avez-vous dit de si drôle ? questionna-t-elle en retrouvant du même coup son assurance et son agressivité.

— Rien dont vous puissiez rougir, rassurez-vous.

Deux secondes plus tard, il l'entraînait hors des bureaux enfumés.

— C'est une vraie fourmillière ici ! commenta-t-elle en retrouvant sa bonne humeur. Je suis un peu étonnée de voir tant d'employés dans un journal de si petite audience.

Dorian prit une expression faussement offusquée avant d'éclater de rire.

— Comment ? Mais nous faisons le quotidien le plus lu de l'archipel, et la population est une des plus denses du monde !

— Excusez mon ignorance.

— Non en réalité, nous travaillons avec plusieurs pays méditerranéens, ajouta-t-il d'un ton plus sérieux. Nous servons un peu d'agence de presse entre l'Italie et l'Afrique du Nord.

— Vous vous occupez activement d'autres organes de presse, n'est-ce pas ?

— Qui vous a dit cela ?

— J'ai rencontré un ami de Maureen hier soir. Nous avons dîné ensemble. Peter Rawlings...

— Ah oui. Il travaille avec nous. Enfin, jusqu'à présent...

— Il ne parle pas de vous avec beaucoup de gentillesse, insinua Barbara en le regardant du coin de l'œil.

— Cela ne m'étonne pas. Nous avons eu une sérieuse prise de bec récemment. Je m'attends à ce qu'il quitte le journal d'un jour à l'autre.

— Vous voulez dire que vous allez poliment le congédier ?

— Je n'ai pas ce pouvoir. Mais il partira de lui-même, il n'est pas idiot.

— Je vois que vous êtes un familier des moyens détournés, murmura-t-elle avec une soudaine rancœur.

— Je vous en prie, pas de leçon de morale. J'utilise les seuls moyens à ma disposition. Il n'y a pas trente-six façons de se faire une place dans notre monde...

— Et vous voulez réussir à tout prix, n'est-ce pas ?

— C'est déjà fait. Non, Barbara, je ne cours pas après ce que vous croyez. Je ne vais pas tarder à tourner la page.

— Que voulez-vous dire ?

— J'ai exploité toutes les possibilités que m'offrait Hamilton. Cela ne m'amuse plus. Je quitterai Malte un jour, même si c'est mon pays. C'est trop petit ici, on étouffe...

— Et où irez-vous ?

— En Europe, aux Etats-Unis, peu importe.

— Mais pourquoi tout interrompre alors que vous allez sans doute succéder à Richard Hamilton ?

— Vous ne comprendriez pas, murmura-t-il presque à voix basse. Il m'a tout donné : l'argent, l'éducation, un monde dans lequel je n'avais jamais espéré vivre... Il a payé sa dette.

— Quelle dette ?

— Et moi, je lui ai réglé la mienne... ajouta-t-il sans lui répondre. Je lui ai reversé tous les bénéfices de ce qu'il m'avait donné. Nous sommes quittes lui et moi, du moins, je le crois...

Barbara secoua la tête en signe d'impuissance.

— Je ne comprends rien. Et Frank, quel compte avez-vous à régler avec lui ?

— Je vais vous décevoir : rien de précis. J'éprouve une sincère affection envers Richard Hamilton. Son fils aurait dû lui ressembler.

— Vous trouvez qu'il n'est pas digne de lui, c'est cela ?

— Oui, peut-être... Aussi dérisoire que puisse paraître la notion de dignité.

— Mais vous ne me dites pas tout, je le sens.

— Vous êtes déçue, Barbara ? Vous vous attendiez à

quelque chose de plus... spectaculaire. Mais non, je ne vous raconterai pas une sordide histoire de femme ou d'argent. Mon mépris pour Frank n'a ni excuse ni prétexte.

— Je vois... Mais vous auriez *dû* être à sa place, être le vrai fils de Richard Hamilton, c'est ce que vous pensez au fond de vous-même, n'est-ce pas ?

Ils s'étaient arrêtés au milieu de la rue, très passante à cette heure-ci. Barbara avait parlé d'une voix froide et calme bien que porteuse d'une implacable accusation. Dorian était devenu blême. Pour la première fois, elle le vit sans armes, dépouillé de son assurance.

— Vous êtes né de père inconnu, Dorian, et vous avez décidé de le faire payer au monde entier.

— Taisez-vous. Dispensez-moi de votre psychologie de pacotille.

— Oui, vos motivations sont bien banales en effet, poursuivit-elle sur le même ton. Mais vous n'avez plus vingt ans, Dorian ! Votre haine n'est plus de mise.

— Faites-vous partie de ces gens qui ne pardonnent la révolte qu'aux adolescents ? siffla-t-il d'un ton acerbe. Je vous croyais moins engoncée dans ce genre de principes désuets ! Vous n'êtes pourtant qu'une gamine...

— Vous y revenez toujours. Cela vous obsède décidément !

— Qui sait... ?

Il reprit sa marche sans l'attendre. Il dépassait la foule d'une bonne tête et Barbara se décida à le suivre sans grande conviction. Elle regrettait d'être venue mais refusait de s'avouer à nouveau vaincue.

— Avez-vous décidé de me perdre ? demanda-t-elle en arrivant à sa hauteur.

— Ce serait inutile ici, répliqua Dorian avec un sourire inattendu. Je vous retrouverais toujours sur mon chemin, l'île est trop petite. Mais, je devrai m'y résoudre un jour...

Barbara n'osa pas répondre. Elle était tout près de lui. Presque machinalement, il la prit par les épaules et poursuivit sa marche sans la regarder.

Il l'entraîna vers le port, lui parla de la vie des pêcheurs de l'île et lui montra du doigt les *Dghajjes,* de petites barques aux couleurs vives sur lesquelles, de chaque côté de la proue, était peint un gros œil un peu naïf.

— Vous vous êtes beaucoup promenée avec Maureen, m'a-t-elle dit. Vous devez tout connaître par cœur à présent.

— Loin de là, le contredit-elle en riant. Nous nous sommes surtout prélassées sur les plages.

— Oui, je m'en doute. Bien qu'elle soit née ici, Maureen ne connaît pas grand-chose sur l'île. Elle fréquente toujours les mêmes lieux, là où il n'y a que des Européens.

— Vous lui en voulez ?

— Pas du tout. Mais si nous avons le temps un jour, je vous emmènerai chez des amis à moi. Des gens que vous ne risquez pas de rencontrer chez les Hamilton ou chez leurs semblables.

— J'en serais très heureuse, approuva Barbara avec sincérité.

Ils entrèrent dans un petit restaurant sur le port qui ressemblait à une guinguette de marins.

— L'endroit n'est pas très séduisant mais vous verrez, on y déguste la meilleure cuisine de toute l'île.

Ils goûtèrent à plusieurs plats de poissons, tous plus délicieux les uns que les autres. Depuis longtemps Barbara n'avait mangé de si bel appétit. C'était la première fois aussi qu'elle passait un moment avec Dorian sans se heurter avec lui sous n'importe quel prétexte.

Deux heures plus tard, elle le raccompagna aux bureaux de l' « Evening Post ».

— Venez avec moi. Nous boirons un café là-haut, proposa-t-il au moment où elle s'apprêtait à le quitter.

Elle accepta avec plaisir mais une désagréable surprise les attendait au troisième étage de l'immeuble.

Frank était là, debout au milieu de la grande salle et haranguait les employés avec violence. Curieusement, les journalistes semblaient à peine s'apercevoir de sa présence.

— Mais vous ne comprenez donc pas que votre bien-aimé directeur se sert de vous à des fins purement personnelles ? hurlait-il en les interpellant un par un. Sous un couvert de justice sociale et de progressisme, il se trace son propre chemin de futur homme politique de l'île ! Vous n'allez pas le laisser faire ? Regardez, criait-il en brandissant le journal du matin. Regardez ce titre ! L'avez-vous seulement lu ? Ecoutez ça : « Emigration : l'hémorragie continue. »

Frank jeta le quotidien à terre et le piétina avec rage.

— Vous publiez chaque jour un titre plus scandaleux et plus faux ! poursuivit-il avec la même colère. Et vous ne vous rendez même pas compte que votre sacrée île se développe chaque jour davantage, que si certains habitants se voient obligés de partir, d'autres en revanche font fortune avec le tourisme ! Et pendant ce temps, M. Venza se lamente sur la quantité négligeable de chômeurs !

— Négligeable ? intervint calmement la voix grave de Dorian. Si tu lisais le journal, tu dirais peut-être moins d'énormités.

Frank s'était figé en l'entendant. Son regard allait de Dorian à Barbara avec une stupeur coléreuse.

— J'espère que ton petit numéro est terminé, reprit Dorian en s'avançant vers lui. Nous aimerions pouvoir travailler tranquillement.

— Tu appelles cela travailler tranquillement, alors que toi et tes collaborateurs passez votre temps à fomenter des révoltes ridicules.

— Si l'information objective appelle la révolte, je n'y suis pour rien.

— Ah, bravo ! s'exclama Frank avec une voix de plus en plus aigüe. Non mais vous l'entendez ?

— Va-t-en maintenant, dit Dorian. Tu n'as rien à faire ici.

Les journalistes assistaient à cette querelle avec une curiosité non dénuée d'humour. Ils étaient peut-être habitués à ce genre d'intrusions.

— Je n'ai rien à faire ici ? répéta Frank dont le visage convulsé devenait de plus en plus rouge. Mais j'ai des parts dans le groupe, comme toi ! Je porte le nom de Hamilton et...

— Moi aussi, je porte ce nom, que cela te plaise ou non. Sors d'ici !

Il avait empoigné Frank par le col de sa chemise et l'entraînait sans aucun ménagement vers la sortie.

— Tu t'en repentiras ! hurla Frank qui semblait avoir entièrement perdu la raison. Et vous ? dit-il soudain en s'arrêtant devant Barbara. Que faites-vous dans cette antre ?

Si la situation n'avait pas été aussi dramatique, elle aurait éclaté de rire.

— Je... Je venais boire un café, répondit-elle d'une voix moqueuse. Y voyez-vous un inconvénient ?

— Vous avez vite choisi votre camp, jolie Barbara, lui susurra Frank à l'oreille. Mais les beaux jours ont une fin et je n'aurai de cesse que de le voir retourner dans la fange d'où mon père l'a sorti !

— Vous êtes grotesque.

Son haleine sentait l'alcool et de près, son état d'ivresse ne laissait aucun doute. Dorian avait assisté à leur bref échange d'un œil indifférent.

— Raccompagnez-le à Msida Creek, demanda-t-il à la jeune femme.

— Mais...

— Faites-le sans discuter, je vous en prie. S'il est venu en voiture, il ne fera pas dix mètres.

Tout à coup elle remarqua ses traits tirés, marqués d'angoisse et de fatigue. Elle aurait voulu le prendre dans ses bras, le serrer contre elle, le caresser, l'embrasser à perdre haleine. Comme s'il lisait en elle à livre ouvert, Dorian lui adressa un bouleversant sourire et cligna de l'œil comme pour l'encourager.

— Et tâchez qu'il dorme un peu. Que son père ne le voie pas dans cet état.

— Il rentre aujourd'hui ?

— Oui, en fin d'après-midi. Il a téléphoné ce matin.

Barbara laissa passer Frank, hébété, vidé de toute énergie. Presque avec terreur, elle constata son soudain détachement de lui, ce mépris teinté de pitié qui s'était lové en elle, irréversible.

— Rentrons, Frank, murmura-t-elle en le soutenant.

— Oh... Ma chère « épouse » qui me raccompagne, comme c'est touchant.

— Je ne suis pas votre épouse, Frank. Je ne le serai jamais.

— Est-ce cette vipère de Dorian qui vous a dit du mal de moi ?

— Il n'y a rien à dire. Vous êtes... Il suffit de vous regarder.

Elle ne pouvait retenir ces paroles dures, cruelles.

— Que faisiez-vous avec lui ?

— Nous avons déjeuné ensemble.

— De mieux en mieux... maugréa Frank en trébuchant sur les dernières marches. Ainsi, vous n'aurez pas tout perdu en venant à Malte. Une ou quelques nuits d'amour avec Dorian doivent valoir le déplacement !

— Vous ne savez même plus ce que vous dites. Vous êtes trivial et bête.

— Je sais. Je cache moins mon jeu que certains...

Ils s'éloignèrent de Saint-John Street et, d'après les explications embrouillées de Frank, Barbara parvint à trouver sa voiture garée au beau milieu d'un trottoir. Elle dut l'aider à s'asseoir et prit le volant d'une main ferme.

Frank s'était calmé et la regarda conduire en lui indiquant la route. Ces yeux noirs rivés sur elle, porteurs d'un sourd désir, la rendirent nerveuse.

— Je me suis effectivement conduit comme un idiot... murmura Frank au moment où elle garait le bolide devant la maison. Vous feriez une parfaite épouse, Barbara. Je vous prends pour femme, conclut-il d'une voix solennelle.

CHAPITRE VII

BARBARA n'avait pas prêté grande attention à ce qu'elle préférait nommer le délire éthylique de Frank. Dans son esprit, son « mariage » était devenu une plaisanterie un peu douteuse dont elle rirait bientôt. Elle s'était enfin allégée de ses stupides illusions d'adolescente et ne craignait plus de retourner en France et de tout raconter à sa famille.

Peu encline à la sollicitude maternelle, elle confia le soin de Frank à Edward qui traversait justement le hall au moment où ils y firent irruption. Frank tenait à peine debout, comme s'il avait épuisé ses ultimes réserves d'énergie lors de sa performance dans les bureaux de l' « Evening Post ».

— Je dois vous parler, Barbara, articula-t-il avec difficulté alors qu'Edward l'aidait à gravir l'escalier. Nous... Nous devons régler nos différends.

— Ce ne sera pas difficile, rétorqua-t-elle avec une certaine légèreté. Pour ma part...

— Ne comptez pas sur Dorian pour vous sortir du pétrin dans lequel il vous a mise.

Frank avait troqué sa douceur mielleuse pour cette expression menaçante et belliqueuse qui, à plusieurs reprises, l'avait terrorisée.

— Je ne compte plus sur personne, dit-elle d'une voix moins assurée. La leçon m'aura servie.

Sans attendre une nouvelle réplique, elle s'échappa vers le premier étage en laissant Frank et Edward peiner le long de la rampe en fer forgé.

Réfugiée dans sa chambre, elle envisagea froidement la situation. Pour la première fois, elle pensait à la façon de prouver l'illégalité de son mariage. Devrait-elle recourir aux instances judiciaires en faisant valoir l'absence de Frank ou ne pas remettre en cause la cérémonie mais demander simplement une annulation ?

L'impérieuse nécessité de son retour en France se fit jour. Ici, elle ne pouvait demander l'appui de personne. Et pourtant... Bien qu'elle contraignît son esprit à raisonner froidement, elle était sans cesse assaillie par l'image, la pensée de Dorian. Unique, obsédante...

Le soleil déclinait à l'horizon lorsque l'on frappa discrètement à sa porte. Elle se redressa, ankylosée par des heures d'immobilité. Recroquevillée sur son lit, elle avait passé tout l'après-midi à remplir de cigarettes à peine entamées le lourd cendrier de marbre rose.

— Entrez, dit-elle d'une voix brisée.

Ses cheveux en bataille, ses vêtements fripés, lui donnaient un air endormi qu'elle ne pouvait occulter en quelques secondes.

— Oh, vous dormiez ? demanda Dorian en passant la tête dans la chambre. Puis-je entrer ?

— Oui... Bien sûr.

Elle se lovait encore davantage comme pour se protéger d'un danger imminent.

— Vous êtes restée ici tout l'après-midi ?

— Oui. Je... Je réfléchissais.

— Je vois... approuva-t-il en jetant un œil sur le cendrier débordant. Vous êtes soucieuse, on dirait.

— Oisive, plutôt se défendit-elle avec un pâle sourire.

— Vous vexeriez tous les Maltais s'ils vous entendaient ! Notre île n'a-t-elle pas su vous charmer ?

Il la regardait d'un œil rieur mais lourd de sous-entendus.

— J'ai d'autres préoccupations actuellement, dit-elle en soulignant l'évidence de sa réplique par un froid sourire. Et vous ? Comment s'est passée votre journée après le départ de Frank ?

— Oh... Rien de précis. Quelques dernières choses à mettre en ordre...

Dorian s'était assis sur le lit, tout près d'elle. Déjà, leurs souffles se confondaient, leurs regards se novaient l'un dans l'autre. Barbara l'avait à peine écouté et dut faire un effort pour comprendre.

— Pourquoi « quelques dernières choses » ? demanda-t-elle à voix basse.

La main de Dorian se perdit dans ses cheveux, erra sur ses lèvres, sur ses paupières veinées de mauve.

— Dorian, je voudrais vous dire, je...

— Oui, je sais, trancha-t-il soudain en s'écartant d'elle. Tout devient trop... complexe ici : la famille Hamilton, le journal, et vous maintenant !

Il s'était levé et, les mains dans les poches de son pantalon noir, arpentait la pièce comme un lion en cage. Hébétée, Barbara le regardait aller et venir, en proie à la douloureuse sensation d'un étau qui se refermait implaccablement sur elle.

Il revint vers elle, la saisit aux épaules et s'exclama avec fougue :

— Gardez la tête froide, Barbara. Ne vous jettez pas à mon cou comme vous l'avez fait avec Frank. Je suis moins habile que lui pour pousser le jeu jusqu'aux dernières limites. Et ce que je veux, je le prends tout de suite. Après je pars. Comprenez-vous ?

Il la secouait avec violence, sans ménagement, mais leurs deux visages reflétaient la même détresse, la même passion.

— Mais oui, je comprends ! hurla-t-elle d'une voix brisée avant d'éclater en sanglots.

Elle s'abattit contre lui dans une rage impuissante et, le corps secoué par les larmes, ferma les yeux comme pour chercher un oubli, un sommeil dont elle ne reviendrait pas. Hésitants, les bras de Dorian se refermèrent sur elle. Mais ce rapprochement n'était qu'un leurre, une illusion de plus. Ils n'avaient en commun que le martellement désordonné de leurs deux cœurs et leurs chevelures auburn dans le soleil couchant qui se mêlaient l'une à l'autre.

Plusieurs minutes s'écoulèrent au cours desquelles ils demeurèrent immobiles, muets, comme si le fossé qui venait de les séparer les enchaînait l'un à l'autre plus irrémédiablement que ne l'aurait fait une passion mutuelle. Le corps brisé, alourdi par de trop longs sanglots, Barbara se dégagea lentement de cette étreinte, sans oser jeter un seul regard à Dorian, et s'éloigna du lit.

Elle l'entendit se lever, marcher vers la porte. Elle ne connaîtrait jamais l'expression de son visage à cet instant-là.

— Maureen est partie à l'aéroport chercher son père, murmura-t-il d'une voix étrangement impersonnelle. Ils ne vont pas tarder à arriver. Nous passerons à table dans un quart d'heure.

— Est-il indispensable que je descende ?

— Comme vous voudrez, mais Richard sera froissé si vous n'êtes pas là. Maureen a dû lui parler de vous.

— Comment devrais-je me présenter ? ajouta-t-elle en se forçant au sarcasme. Comme l'épouse de Frank ?

Dorian ne répondit pas immédiatement.

— Comme une amie, cela suffira.

Elle lui tournait le dos, le regard apparemment absorbé par le jardin luxuriant.

— C'est bon. Je me change et je descends.

— A tout de suite.

Il referma doucement la porte. Avec des gestes de somnambule, Barbara prit une douche, laissa longtemps couler l'eau tiède sur son corps désormais indolore. Heureuse de se noyer dans ce genre de détails, elle prit un soin particulier à se vêtir et choisit une ravissante robe de soie couleur ambre, serrée à la taille et retenue par deux fines bretelles. Elle passa dans ses cheveux un ruban de la même teinte qui ceignait son front d'un reflet d'or semblable à ses yeux. Il lui manquait cependant l'art du maquillage pour effacer les profonds cernes mauves qui soulignaient son regard.

— Nous n'attendions plus que vous, lui dit Dorian lorsqu'elle fit son entrée dans le salon éclairé de lampes basses à la lumière tamisée.

Il la prit par la main et la conduisit vers un vieillard aux cheveux blancs assis dans l'une des bergères.

— Richard, permettez-moi de vous présenter Barbara Sinclair qui passe quelques jours parmi nous.

— Bonsoir, monsieur Hamilton, murmura-t-elle en lui serrant la main.

Le vieil homme s'était levé et fixait sur elle un regard bleu perçant. Sur son visage ridé se dessina un magnifique sourire.

— Enchanté, mademoiselle, lui répondit-il dans un français parfait. Notre demeure n'a pas souvent l'occasion d'abriter si ravissante personne.

Sa poignée de main était chaleureuse et franche, ses yeux pétillaient d'une lueur à la fois curieuse et admirative.

Frank et Maureen, tous deux assis, n'avaient pas bougé. Ils gardaient un air absent et contemplaient ce tableau sans manifester un intérêt particulier. Pourtant, l'espace d'une seconde, Barbara surprit un coup d'œil entre le frère et la sœur qui la laissa perplexe et mal à l'aise. Comme une nouvelle complicité entre eux... Elle comprit sourdement que le jeu des alliances s'était peut-être retourné contre elle et que sa fugitive amitié avec Maureen avait pris fin.

Pourtant, le dîner se déroula dans une ambiance relativement décontractée. Richard Hamilton régnait en patriarche et semblait absorber toutes les tensions, désamorcer les rancœurs, et distillait en chacun une sorte de fluide apaisant. Son regard vif et perçant se posait sur chacun des convives, un peu intrigué, plein d'amour cependant.

C'était un homme grand, plutôt maigre. Le creux de ses joues burinées, ses longs cheveux blancs et soyeux, lui donnaient un air de vieux philosophe humaniste en contradiction totale avec l'image du « loup capitaliste » que l'on se plaisait souvent à décrire. Barbara éprouva pour lui une sorte de tendresse filiale immédiate.

— Je suis épuisé, mes enfants, murmura-t-il en les regardant un à un. Mais je vous en parlerai plus tard, ce soir peut-être si cela ne vous ennuie pas.

— Bien sûr que non, père, susurra Frank avec un sourire. Il s'est passé beaucoup... d'événements durant ton absence. Dorian est revenu de France bien avant la date prévue et...

— Vraiment ?

— Je vous expliquerai, Richard.

Bien qu'il le vouvoyât, Dorian s'adressait au vieillard avec une sorte d'égalité, de familiarité, que même ses propres enfants n'avaient pas à son égard.

— N'importunons pas Barbara avec nos affaires, proposa Hamilton en se tournant vers la jeune femme.

Il l'entretint de sa brève rencontre avec son père, de ses différents séjours en France. Sa bonhomie et les amusantes anecdotes dont il émaillait ses récits, allégèrent nettement l'atmosphère.

Assise entre lui et Frank, Barbara faisait face à Dorian. Il souriait à son père adoptif avec un sincère attachement, lui parlait avec humour et gentillesse. Mais pas une seule fois, il ne posa les yeux sur elle.

Le regard dans le vague, Maureen n'intervint que rarement dans la conversation. Les sourcils froncés, elle paraissait absorbée par une pensée unique. Frank, en revanche, affichait l'attitude inverse. Il paradait aux côtés de sa jolie voisine, était tout attentions pour elle et gentillesse un peu trop obséquieuse envers son père.

Richard Hamilton ne tarissait pas et ses questions amicales à l'adresse de la nouvelle venue se firent de plus en plus précises. Un peu gênée d'être au cœur de la conversation, Barbara s'efforçait d'esquiver les sujets trop personnels.

— Alors, lequel de mes deux fils a su vous convaincre d'entreprendre le voyage jusqu'ici ? demanda-t-il à brûle-pourpoint.

Barbara cherchait une réponse habile lorsque Maureen intervint à sa place, d'une voix catégorique et faussement décontractée :

— Barbara est une amie de Frank, papa. De longue date. Ils ont même fait des projets de mariage, je crois...

L'intéressée retint de justesse une réplique cinglante et regretta amèrement de s'être confiée à elle. Quel plan avait-elle dans la tête pour vouloir hâter un dénouement que plus personne ne souhaitait ?

— Erreur... articula lentement la voix gouailleuse de Frank. Je suis peut-être le premier à avoir rencontré Barbara mais ce n'est certainement pas moi qui lui ai soufflé l'idée de venir.

Dans le silence pénible qui suivit, Maureen laissa échapper un cri étouffé, et son regard affolé se posa sur Dorian et Barbara à la recherche d'un démenti. Frank souriait fièrement, le visage de Dorian était indéchiffrable.

— Humm... toussota Richard avec une fausse décontraction. Je me mêle de ce qui ne me regarde pas. N'en parlons plus.

Mais le dîner s'acheva sur cette fausse note et les sourires devinrent plus rares.

Lorsqu'ils furent à nouveau au salon, sirotant silencieusement de petits verres de liqueurs ou digestifs, Richard Hamilton s'éclaircit la gorge une fois de plus et regarda ses enfants avec gravité :

— Je préfère vous en parler ce soir, commença-t-il. Ce que j'ai à vous dire est... très important.

Subodorant une histoire de famille, Barbara se leva discrètement mais, d'un seul geste, il l'en empêcha et l'invita à se rasseoir.

— Restez, Barbara. Ce n'est pas un secret d'Etat et... cela vous concerne aussi sans doute.

Ils étaient tous assis autour de lui. Le vent tiède qui s'infiltrait par les fenêtres ouvertes faisait voler ses mèches blanches. Frank et Dorian paraissaient tendus, Maureen était ailleurs, à nouveau.

— J'ai vu un médecin à Genève, murmura Richard. Comme j'en ai consulté dans toutes les capitales d'Europe. Il n'a fait que confirmer les diagnostics de ses collègues.

Il soupira, déchiffra les interrogations muettes dans les regards de ses interlocuteurs.

— Inutile de vous le cacher. Je n'en ai plus pour très longtemps à vivre. Ou du moins, si je peux encore tenir quelques mois ou quelques années, ce sera au prix d'un repos total, absolu. Je dois cesser toute activité.

— Mais père...

— Laisse-moi continuer, Frank. Je déteste les apitoiements. Toi et Dorian travaillez avec moi depuis plus de dix ans maintenant. Peu à peu, vous m'avez relayé dans mes responsabilités... Dorian plus que toi, Frank. Mais je ne désespère pas...

Il s'interrompit, regarda son fils avec attention comme s'il guettait un encouragement, un acquiescement.

— Bien… Bien sûr, père, balbutia celui-ci dont l'expression s'était subitement altérée.

— Nous avons plusieurs directeurs ou actionnaires qui se sont toujours montrés parfaitement efficaces, mais je préfère conserver ce caractère… familial qui a toujours sous-tendu les activités du groupe. Vous serez d'accord avec moi, je suppose.

Frank hocha nerveusement la tête et ses yeux s'éclairèrent d'une lueur soupçonneuse. Dorian n'avait pas bronché. Une longue cigarette se consumait lentement entre ses doigts fins et nerveux. Barbara crut déceler un léger tremblement de sa main.

— J'ai donc réussi jusqu'à présent à ce que la famille, en mon nom personnel, demeure majoritaire au sein du groupe, et je voudrais que cela reste ainsi.

— Je ne vois pas, père, ce qui nous empêche de continuer de cette façon. Même si tu abandonnes tes responsabilités, tu peux conserver tes parts.

— Je n'y tiens pas, répondit Hamilton d'une voix tranchante. Un actionnaire gâteux ou malade n'a rien à faire dans une société comme la nôtre. Il doit être capable de voter en connaissance de cause… Moi, je ne le serai bientôt plus.

Le silence à nouveau. Et quatre paires d'yeux braquées sur lui.

— Ressers-moi un cognac, Maureen, s'il te plaît.

La jeune femme s'exécuta et tendit le verre plein à son père avec un timide sourire. Barbara se sentait totalement déplacée au sein de ce conseil de famille dont la tournure dramatique lui nouait l'estomac. Richard Hamilton s'était mépris, elle n'avait pas sa place ici. Elle n'osa pas bouger, cependant, persuadée qu'il la retiendrait à nouveau.

— Je hais les testaments, reprit-il en souriant. Maureen, les bénéfices qui te reviennent personnellement seront immuables. Si tu désires un jour travailler dans le groupe, tu t'arrangeras avec tes frères.

Il but une gorgée de cognac, très lentement, et baissa les yeux, comme si la suite devenait plus délicate.

— Il est temps d'en venir au fait ! s'exclama brusquement son fils en se levant de son fauteuil.

Il arpenta le salon, repoussa fébrilement une mèche de cheveux, avant de s'apercevoir de l'effet produit par cette hâte quelque peu déplacée.

— J'y viens, j'y viens... murmura son père en lui jetant un coup d'œil dur et triste. Tu n'as décidément jamais compris mes conseils, Frank : l'important en affaires est de rester parfaitement calme et maître de soi, dans la presse comme ailleurs. Ton impulsivité me chagrine.

— Pardonnez-moi, père, bafouilla-t-il avant de se rasseoir. Tout cela est si... inattendu.

— Vous m'en voudrez peut-être mais... j'ai décidé de ne pas diviser mes parts entre vous deux.

Cette déclaration eut sur Frank et Maureen l'effet d'une bombe. Tous deux fixaient sur leur père un regard empli d'incompréhension et de colère mal contenue.

— Tu n'as pas le droit de léser Dorian, papa ! s'exclama Maureen en abandonnant toute réserve. Il a...

— Qui te parle de cela ? répliqua Richard d'une voix assurée.

— Je vois, maugréa Frank qui ne pouvait contenir plus longtemps son fiel et sa rancœur. Je savais que tu ferais ce choix, je m'y attends depuis des années, depuis que Dorian a passé le seuil de cette porte. A partir de ce jour-là, tu as choisi ton vrai fils, n'est-ce pas ?

Une lueur de mépris ou de pitié, vite éteinte, passa dans les prunelles du vieillard.

— Ce qui vient de se passer me conforte dans ma démarche, dit-il en regardant fixement les motifs bariolés du tapis. Il est impensable que vous vous partagiez mes parts. Vous ne pourrez jamais vous entendre.

— Qui sait ?

Dorian ouvrait la bouche pour la première fois. Il n'avait pas quitté Richard des yeux et Barbara s'étonna de son calme, de sa distance. Comme s'il n'avait une fois de plus rien à perdre et rien à gagner.

— Toi, tu le sais, Dorian... murmura Richard. Ne cherche pas à me bercer de faux espoirs. Tu as plus de sang-froid peut-être, tu es plus contrôlé que Frank, mais vous ne pourrez jamais vous entendre. Cela a toujours été ainsi... Votre... vie personnelle vous a trop souvent dressés l'un contre l'autre. Vous étiez tous deux des adolescents lorsque tu es venu vivre ici, et dès votre premier jeu, vous êtes entrés dans une implacable compétition. Je... Je n'avais pas prévu que cela se passerait ainsi. J'avais espéré... autre chose...

— Non seulement que nous soyons deux frères mais aussi deux vrais amis, n'est-ce pas ? demanda Frank avec un froid rictus.

— Vous étiez déjà trop différents l'un de l'autre...

Frank eut un rire sourd :

— Tu veux dire que Dorian me dépassait déjà en tout.

Hamilton ne répondit pas. Il secoua lentement la tête. La tristesse était si marquée sur son vieux et beau visage que Barbara ne put s'empêcher de détourner les yeux pour ne pas assister à sa détresse.

— Le choix est toujours arbitraire et injuste, reprit Richard d'une voix plus sourde. Je ne veux pas choisir... ou du moins, pas ainsi. Au plus profond de moi, je n'ai aucune préférence.

— J'ai à vous parler, Richard, pria Dorian en allumant une nouvelle cigarette. Et... ce que j'ai à vous dire vous évitera tout dilemme.

— Laisse-moi terminer, Dorian. Nous discuterons après si tu veux, seul à seul.

— Soit, concéda-t-il en s'enfermant à nouveau dans son silence.

Il manifesta un léger désarroi, vite anéanti par la lassitude. Son regard vert d'eau croisa celui de Barbara et lui sourit sans que le reste de son visage trahît la moindre émotion. Frank, en revanche, avait repris de l'assurance et ses traits s'illuminèrent quand il commença à parler :

— Nous respectons tes scrupules, père, mais puisqu'il y a choix malgré tout, il te faudra sans doute trancher sur un plan... politique disons.

— Qu'entends-tu par là ?

— Dorian a des opinions totalement divergentes des buts primordiaux et fondamentaux d'un groupe de presse comme le nôtre. Depuis qu'il dirige l' « Evening Post », son venin gauchiste s'est infiltré partout. Le quotidien le plus lu de l'archipel est devenu un journal d'opposition ! Et ne crois pas qu'il se limite au plan local ! Oh non ! Nos périodiques tunisiens et italiens prennent le même pas !

Richard écoutait la diatribe de son fils avec un flegme tout britannique, un sourire distrait sur les lèvres.

— En tout cas, l'interrompit-il, si toi tu as choisi ce moyen pour éliminer Dorian, tu t'es trompé lourdement. Il faut vivre avec son temps, Frank, et le groupe Hamilton ne survivra effectivement pas longtemps sous sa forme actuelle. Dorian sait où sont ses intérêts aussi bien que toi ou moi, mieux même. Les changements ne doivent pas te faire peur.

— Je parle donc dans le vide, maugréa Frank les dents serrées. Ton choix est clair à présent. Mais je te préviens, père : si Dorian obtient la majorité des parts, j'irai travailler ailleurs, et je raconterai à qui veut l'entendre que mon père m'a déshérité au profit d'un orphelin ramassé dans la rue !

Richard avait blémi, ses lèvres tremblaient.

— Cesse d'être ridicule et borné. Tu ressasses sans cesse les vieilles histoires ! J'ai décidé de la façon dont je vous attribuerai définitivement mes parts. Vous serez en compétition une fois de plus, mais c'est la seule solution envisageable. Je... Je vous l'ai déjà dit, je voudrais des petits-enfants, ou du moins l'espoir d'en avoir...

Personne ne s'attendait à cela et tous les visages reflétèrent la même surprise incrédule.

— Ne me regardez pas ainsi, grommela Hamilton en buvant une nouvelle gorgée de cognac. Il m'arrive d'être sentimental et c'est le plus important pour moi aujourd'hui. Je... Je donnerai mes parts à celui de vous deux qui se mariera le premier.

Les réactions furent aussi surprenantes que la déclaration du patriarche. Frank éclata d'un rire fou, dément, irrépressible. Dorian le regarda avec une lueur d'amusement au fond de ses prunelles vertes et haussa les épaules. Maureen, quant à elle, regarda fixement Barbara, puis Frank, et enfin Dorian avant de sourire mystérieusement.

— Eh bien, dit Richard, je suis heureux que cette proposition vous réjouisse à ce point. Je ne m'y attendais pas à vrai dire. J'espère, Barbara, que ce petit conseil de famille ne vous a pas trop importunée. Comprenez-vous maintenant pourquoi je tenais à ce que vous y assistiez ?

— J'ai peur de trop bien comprendre, monsieur Hamilton, lui répondit-elle d'une voix calme démentie par le feu d'or de ses iris. Mais, vous avez fait fausse route, permettez-moi de vous le préciser.

— Allons, allons ! chantonna Frank en s'approchant d'elle. Ne parlez pas si vite, jolie Barbara. Nos destinées n'ont peut-être pas fini de s'entrecroiser.

Elle jeta un regard affolé vers Dorian, cherchant vainement une réponse à une question encore informulée. Il la dévisageait avec une curiosité un peu indifférente, plus amusé qu'ému. Elle sentit les larmes lui monter aux yeux. Il ne l'aiderait pas à se sortir des griffes de Frank.

— Je suis très pressé, vous savez, Barbara, lui chuchota Frank. Ne croyez pas à une plaisanterie de la part de mon père. Il a toujours eu le tort de prendre Dorian pour son vrai fils… Mais, cette fois, je lui prouverai qui est son descendant, je ne me laisserai plus écraser.

— Tout cela est ridicule ! hurla-t-elle en se bouchant les oreilles.

Tous la regardèrent avec étonnement ou sévérité. Seul Dorian, à l'écart, semblait rire d'elle. Honteuse de cette intervention intempestive, elle se tourna vers Richard :

— Pardonnez-moi, monsieur. Je m'adressais à Frank. Je ne me permettrais pas de porter un jugement sur vos affaires familiales.

Au lieu de la réplique cinglante qu'elle attendait, elle ne rencontra qu'une ombre de sourire sur un visage épuisé et vieilli.

— Je comprends… murmura Richard.

Il hocha la tête plusieurs fois et s'enfonça dans son fauteuil en poussant un profond soupir. L'excitation de Frank s'était calmée :

— Ta décision est définitive, père, je suppose.

Il guetta quelques instants une réponse qui ne vint pas, se servit une nouvelle rasade d'alcool. Le silence avait repris ses droits. « Partir… Partir… » scandait l'esprit affolé de Barbara.

— Je vais m'absenter quelques jours, intervint Dorian d'une voix neutre.

— Tu viens d'en prendre la décision ? questionna Frank en lui jetant un regard déjà vainqueur.

— Non. Je voulais l'annoncer à ton père tout à l'heure. C'est fait.

— Bien, dit Richard Hamilton sans plus de réaction. Quand comptes-tu revenir ?

— Je l'ignore encore.

— Est-ce un voyage professionnel ou privé ? renchérit Frank.

— Privé, disons.

— Profites-en pour te trouver une femme…

— Je n'ai pas à chercher.

— Moi non plus, conclut Frank en enveloppant Barbara d'un œil possessif.

Elle eut la très nette certitude qu'il s'était trompé sur le sens des paroles de Dorian. Sans qu'il ait eu besoin de le lui faire comprendre, elle savait déjà qu'il refuserait de se plier à cette condition imposée par Richard. Elle pressentait qu'il allait quitter la famille Hamilton pour ne plus jamais revenir et qu'il préférait tout abandonner à Frank.

Maureen jetait à Dorian des regards amoureux pleins d'espoir. Elle non plus n'avait rien compris… Barbara eut mal comme jamais auparavant.

— Comme c'est dommage, minauda la jeune Anglaise. Ton départ tombe très mal, Dorian.

— Je ne trouve pas. Je n'aurais pas pu choisir une date plus appropriée, au contraire…

Il se leva, se dirigea vers la sortie. Tous le regardèrent, incrédules.

— Je vous dis au revoir maintenant. Quand vous serez debout, je serai déjà parti.

Il leur adressa un léger signe de tête et si ses yeux s'attardèrent quelques instants sur Barbara, elle seule s'en aperçut. La porte se referma doucement.

— Je vais me coucher moi aussi, annonça Richard en se redressant péniblement. Tout est dit, je pourrai dormir sur mes deux oreilles.

— Mais, père… insista Frank. Ne trouves-tu pas le départ de Dorian un peu… suspect ?

— Pourquoi donc ? intervint Maureen qui s'était pendue au cou du vieillard. Papa n'a pas à s'inquiéter. Il sait que Dorian reviendra et… que je serai là, moi…

— Que racontes-tu, mon enfant ? demanda Richard surpris.

— Tu l'ignores vraiment, papa ? Tu es bien aveugle. Je voulais tout simplement dire que... si Dorian veut se marier, il n'aura pas à chercher loin. En plus, cela restera « une histoire de famille »...

Le sourire de Richard se crispa. Il contemplait sa fille comme s'il la voyait pour la première fois.

— Tu veux dire que...

— Je vais devenir sa femme, c'est simple, non ?

Le vieil homme se figea. Il était livide.

— Tu... Tu plaisantes, ma chérie, balbutia-t-il d'une voix tremblante. Tu ne peux pas épouser Dorian. Il est... Il est comme ton frère !

— *Adoptif* uniquement, le contredit-elle en l'embrassant sur la joue. Nous ne sommes pas liés par le sang.

Elle s'élança vers la porte sans s'attarder auprès du vieillard troublé, mais se retourna une dernière fois, enveloppant Frank et Barbara d'un seul regard :

— Dépêchez-vous, vous deux ! La course contre la montre est commencée !

CHAPITRE VIII

DORIAN était parti et le lendemain, la maison s'éveilla comme au ralenti. Malgré la présence de Richard Hamilton et de sa fille, la salle à manger était parfaitement silencieuse lorsque Barbara s'y présenta.

— Bonjour, dit-elle timidement en osant à peine intervenir dans le duel silencieux que se livraient le vieil homme et Maureen.

— Bonjour, Barbara, répondirent-ils au bout de plusieurs secondes.

— Nous attendons Frank, expliqua Maureen d'une voix assurée. J'ai fait part d'une nouvelle importante à mon père mais il refuse de me croire.

— Tais-toi, murmura Richard. Cela ne concerne en rien notre invitée.

— Vraiment ? Elle était pourtant avec nous hier soir, elle a le droit de connaître la suite de l'histoire.

Barbara avait craint quelques instants que son mariage avec Frank ne soit connu. Elle se rassura quelque peu.

— Je suis enceinte, lâcha Maureen en lui jetant un regard impérieux comme pour l'empêcher de parler. C'est Dorian.

Barbara sursauta, faillit laisser échapper sa tasse

fumante. Brusquement, les paroles de la jeune Anglaise prononcées sur la plage de Golden Bay lui revinrent en mémoire : « Vous m'avez donné une excellente idée ! » s'était-elle exclamée après avoir écouté la confession de sa compagne. Oui, bien sûr, elle avait décidé de s'approprier Dorian par la contrainte en proférant ce mensonge énorme.

— Et je garderai cet enfant, articula-t-elle ensuite d'une voix lente. Personne ne pourra m'en empêcher.

— Il n'en est pas question !

Richard Hamilton n'avait pu se contenir davantage. Il était livide, presque au bord du malaise.

— Maureen, ma chérie. Je t'en conjure. Tu vas m'obéir, pour la première et dernière fois de ta vie. Tu pars demain en Angleterre...

— Je n'ai pas quinze ans, père. Je suis en âge de m'occuper d'un bébé. Et j'épouserai le père !

Elle s'exprimait avec une telle sincérité, une telle virulence que la conviction profonde de Barbara en fut ébranlée. Et comme par hasard, Dorian n'était pas là pour acquiescer ou se défendre... Elle voulut parler pour lui, mais à quoi bon après tout ? Connaissait-elle la vérité ? Comme si elle supputait son dilemme, Maureen lui jeta un regard noir réellement menaçant.

— Vous ne dites rien, Barbara ? susurra-t-elle en se penchant vers elle. Craignez-vous que cet aveu en amène un autre ? Vous et Frank partagez aussi un petit secret si je ne me trompe...

Ainsi, elle savait... Son frère lui avait tout raconté sans doute.

— Je n'ai rien à déclarer, répondit-elle avec un large sourire destiné à cacher sa panique. Nous ne sommes pas en compétition vous et moi, Maureen. Sachez-le.

— J'espère que vous dites vrai.

Elle fit claquer sa langue avec un clin d'œil provocateur et quitta la salle à manger en chantonnant. Richard n'avait pas relevé la tête. Quand Barbara le regarda, elle vit deux larmes glisser le long de ses joues ridées.

— C'est impossible... Im-pos-si-ble, répétait-il d'une voix tremblante.

Après un premier réflexe de fuite, Barbara se sentit submergée par un élan de compassion. Bien que la détresse du vieillard lui parût étrangement disproportionnée, elle aurait voulu lui faire comprendre à demi-mot que sa fille avait inventé cette histoire de toutes pièces. Elle risqua une allusion timide et Richard parut soudainement se souvenir de sa présence.

— Allons faire quelques pas dans le jardin, proposa-t-il en s'efforçant de sourire. J'ai besoin de prendre l'air.

La matinée était radieuse, comme chaque jour en cette saison. A force de vivre au cœur des conflits, Barbara en avait oublié la sérénité, le bonheur qui pouvait exister ailleurs. Ils se dirigèrent vers le haut de la colline. Richard marchait lentement, les mains dans les poches, tellement seul.

— Maureen a perdu sa mère trop tôt, elle avait à peine huit ans et depuis... elle n'a commis que des erreurs. Je... je me suis mal occupé de mes enfants. Ils ne pouvaient m'apporter que des déceptions...

Barbara tressaillit. Cette amertume, cette tristesse dont il lui faisait part, l'atteignaient en plein cœur. Elle n'avait aucune consolation, aucun espoir à lui offrir mais cette confiance qu'il lui témoignait en la connaissant à peine l'empêchait de se dérober.

— Ils n'ont jamais grandi... reprit Richard en s'asseyant lentement au pied du chêne qui dispensait une ombre bienfaisante.

— La présence soudaine de Dorian peut-être... hasarda-t-il timidement.

— Je ne sais pas, je ne sais plus. Il était plus âgé qu'eux lorsque je l'ai amené à la maison, mais il se prêtait à leurs jeux comme un grand frère. Pourtant, j'ai parfois surpris son regard, si... mystérieux, à la limite de l'hostilité. Il est toujours resté sauvage, différent. Il prenait tout ce que nous lui offrions, parfois avec indifférence et mépris, parfois avec une sorte d'avidité haineuse qui m'effrayait. J'étais... désemparé.

— Comment l'aviez-vous rencontré ?

— Après la mort de Margaret, mon épouse, je me suis souvent absenté de la maison. Je marchais des heures sur l'île, j'arpentais les rues de la Valette, sans but. Un soir, très tard, je me suis trouvé littéralement coincé par une bande de gosses. C'était le quartier le plus pauvre de la ville...

Richard s'interrompit, parut hésiter. Barbara eut la très nette impression qu'il refoulait d'autres souvenirs qui n'avaient pas leur place ici.

— Ils étaient une dizaine, poursuivit-il d'une voix plus calme. Presque tous adolescents. Ils étaient sales, mal vêtus, et surtout terriblement... hostiles. J'avoue avoir eu peur. « C'est un Anglais ! » s'est écrié l'un des gamins comme s'il se félicitait d'une bonne prise. Alors l'un d'eux s'est approché de moi, très lentement. Il avait les cheveux noirs, très longs, et ses yeux étrangement clairs étaient emplis d'un mépris et d'une haine qui m'épouvantèrent. Il était très calme et les autres gosses le regardaient avancer avec une sorte d'admiration respectueuse. J'en ai déduit qu'il était leur chef. Il s'est adressé à moi en anglais et m'a demandé mon argent, sans chercher à se justifier. D'habitude, les enfants qui mendient dans la rue vous racontent leur vie de malheur, appellent votre pitié... Lui non. Il ressemblait à ces bandits de grand chemin que l'on voit dans les romans. Fier, chevaleresque...

Richard se mit à rire doucement, son visage s'éclaira de joie.

— Je craignais qu'ils m'étripent, je n'ai pas discuté et je leur ai donné tout ce que j'avais sur moi. Comme s'il craignait de se souiller les mains, l'adolescent a fait signe à l'un de ses comparses qui est venu prendre l'argent. Je commençais à m'amuser, je l'avoue. Il s'en est rendu compte et m'a souri. « Je vous remercie de ne pas faire d'histoires, monsieur. Vous êtes très... « fair play » ». Il avait un accent maltais à couper au couteau, commenta le vieil homme avec attendrissement. Je lui ai souri à mon tour...

— Et ensuite ? questionna Barbara qui avait écouté ce récit comme un enfant à qui l'on raconte un conte de fées. Que s'est-il passé ?

Richard la scruta longuement et ses yeux brillèrent d'un éclat inhabituel.

— Depuis que je vous connais, c'est bien la première fois que je vous vois aussi... intéressée, dit-il en riant doucement. Aussi, il m'avait bien semblé hier soir qu'il existait un lien secret entre Dorian et vous, je me trompe ?

— C'est... C'est sans conséquence.

— Soit, conclut le vieillard avec une moue dubitative. Alors, je continue : brusquement, tous les gosses se sont volatilisés, comme par enchantement. J'ai eu beau scruter les rues transversales, les escaliers noyés d'obscurité... personne. Je suis rentré chez moi, un peu triste, tenaillé par une incompréhensible frustration... Les jours suivants, je suis revenu errer dans ce même quartier, mais je ne trouvais pas celui que je cherchais. J'ai interrogé d'autres adolescents, et lorsque je le leur décrivais, tous baissaient les yeux et secouaient la tête en m'affirmant que personne ne ressemblait à cette description. J'en ai conclu qu'il était bien protégé et qu'aucun de ses amis ne le trahirait. J'avais très envie de le revoir, de parler avec lui. Il m'intriguait... inexplicablement.

Il s'interrompit à nouveau, submergé par une curieuse émotion qu'il refoula en quelques secondes.

— Un soir, les enfants étaient couchés, je me

trouvais seul dans mon bureau. C'était la saison des pluies et j'écoutais les trombes d'eau s'abattre sur la terrasse. La fenêtre était ouverte. Soudain, je me suis senti observé, j'ai tourné les yeux et j'ai vu celui que je cherchais depuis des jours et des jours. Il était assis sur le rebord de la fenêtre, trempé. « Vous vouliez me voir, paraît-il, m'a-t-il dit d'une voix assurée. Est-ce pour me livrer à la police ? » Je me suis empressé de démentir ses craintes et je l'ai invité à entrer. Il a refusé. Mais nous avons parlé pendant une bonne heure. Il était plein de haine contre les Anglais. Il m'a raconté que sa mère avait souffert toute sa vie à cause d'eux. Je n'ai pas pu en savoir davantage. Quand il est parti, j'ai couru vers la fenêtre et j'ai crié dans la nuit : « Comment t'appelles-tu ? », « Dorian », m'a-t-il répondu. Et puis plus rien, sauf la pluie qui ruisselait sur la terre détrempée...

— Cela ne vous a pas étonné qu'il porte un prénom anglais ?

— C'est le cas de beaucoup de Maltais, murmura Richard en détournant les yeux.

— Ensuite ? poursuivit Barbara. Il a tout de même fini par se laisser apprivoiser ?

— Ce fut très long. Il est venu me retrouver ici plusieurs fois. Il arrivait toujours à l'improviste, la nuit, par n'importe quel temps. Et lorsqu'il partait, je craignais toujours de ne jamais le revoir. Je... Je me suis très vite attaché à lui.

— Pourquoi ? S'agissait-il d'une culpabilité vis-à-vis des pauvres ou vous rappelait-il quelqu'un ? demanda-t-elle sans comprendre ce sourd pressentiment qui s'infiltrait soudainement en elle.

Le visage de Richard se crispa nerveusement.

— Vous êtes trop indiscrète, jeune demoiselle, fit-il avec un pâle sourire. Un jour, reprit-il, je lui ai proposé de l'adopter. Contre toute attente, il a accepté. Mais au lieu d'avoir l'air heureux, il eut un regard empli d'une victoire amère qui m'affola. J'ai compris que je ne pourrais jamais le cerner tout à fait... Mais je refusai de revenir sur ma décision. Je voulais lui donner les moyens de s'instruire, de vivre enfin dans l'aisance. Quand il a commencé à étudier, il a travaillé jour et nuit. J'avais engagé un précepteur spécialement pour lui. Très vite, il a dépassé Frank et cela n'a pas été sans problèmes... Il se montrait poli, sans plus. Avec moi, je le sentais sans cesse sur ses gardes, comme déchiré entre l'amour et la haine. A l'époque, il m'appelait « Oncle Richard »... A dix-huit ans, il est parti vivre à Londres pour étudier, il y est resté trois ans. Quand il est revenu, c'était un homme sûr de lui, plus équilibré. Son affection pour moi était devenue plus sincère, il se mit à m'appeler Richard tout court. Je n'ai jamais pu savoir s'il était retourné dans les ruelles de son enfance, s'il revoyait ses compagnons d'autrefois, mais je crois que beaucoup d'entre eux furent engagés à l' « Evening Post » lorsqu'il en a pris la direction.

— Et Frank et Maureen dans tout cela ?

— Oh... Ils ont malheureusement très vite été écrasés par la personnalité et la vitalité de Dorian. Il était une sorte de demi-dieu pour eux, avec tout ce que cela peut comporter de vénération et de haine à la fois. Pour Maureen, c'était autre chose... Je ne m'en aperçois qu'aujourd'hui...

— Elle est amoureuse de lui mais elle vous a menti au sujet de l'enfant ! ne put s'empêcher de s'exclamer Barbara.

Elle se mordit aussitôt la lèvre, honteuse. Il la regarda avec un bon sourire.

— Ne regrettez pas, Barbara. Si ce que vous venez de m'affirmer est vrai, vous me soulagez d'un poids énorme. Un poids... dont vous ne pouvez pas soupçonner l'importance...

— Je crois que si... le contredit-elle d'une voix à

peine audible. Justement, je ne regrette plus de vous l'avoir dit...

Ils se regardèrent longtemps. Les mots étaient inutiles à présent. Barbara était la seule à partager le secret du vieil homme. Les yeux de celui-ci s'embuèrent de larmes qu'il ne chercha pas à contenir. Sa main fébrile s'empara de celle de la jeune femme, elle la lui abandonna. D'autres questions se pressaient sur ses lèvres, qu'elle refoula.

— Et cet anneau qu'il porte au cou ? finit-elle tout de même par demander.

— Rentrons, proposa Richard en se relevant péniblement. Vous en savez assez pour aujourd'hui, conclut-il avec un sourire un peu triste.

Une semaine s'écoula avec une lenteur terrifiante. Barbara avait l'impression de se tenir immobile, en équilibre précaire sur un fil et que n'importe quel mouvement la déséquilibrerait, la précipiterait dans le vide. Elle se promenait sur l'île, lisait dans le jardin, et passa même une journée avec Richard sur l'île de Gozo, toute proche de Malte.

Chacun attendait secrètement des nouvelles de Dorian. Il ne se manifesta pas.

Maureen avait quasiment déserté la maison. Depuis son ultime querelle avec son père, elle n'avait plus partagé un seul de leurs repas.

— Ces petites fugues lui sont familières, disait Richard avec une certaine insouciance. Il est temps d'ailleurs qu'elle fasse sa vie hors d'ici et qu'elle oublie Dorian.

— En quel honneur ? avait subitement demandé Frank qui assistait à la conversation. Tu ne vas pas l'empêcher de se marier avec l'homme de son choix !

— Dorian ne *peut* pas être l'homme de son choix, trancha son père d'une voix calme. De toute façon, il n'a pas encore donné son avis, permets-moi de te le faire remarquer.

— As-tu en vue un plus beau parti pour ton fils préféré ?

Richard s'était contenté de hausser les épaules et avait rapidement changé de conversation.

Barbara se trouva donc, malgré elle, obligée de supporter un Frank malheureusement plus assidu et plus aimable chaque jour. Il avait apparemment décidé de la reconquérir et de rendre effectif leur mariage par la douceur. Il la retint plusieurs fois alors qu'elle s'apprêtait à prendre l'avion pour Paris. Barbara se laissa convaincre à chaque fois. Au plus profond d'elle-même, elle savait qu'elle attendait Dorian.

— Effaçons le fiasco passé, lui susurrait-il en s'emparant amoureusement de ses mains. Je vais vous réépouser ici, Barbara, ainsi nous serons réellement mari et femme. C'est ce que vous vouliez en venant, n'est-ce pas ?

— On change d'avis quand on connaît mieux les gens, Frank. Vous m'aviez abusée à Paris. Vous êtes un gamin caractériel et alcoolique.

Des lueurs cruelles et coléreuses traversaient les yeux de Frank et disparaissaient aussitôt. Il faisait un réel effort sur lui-même pour supporter les jugements implacables qu'elle lui lançait au visage.

Mais Barbara avait peur cependant. Elle ne pouvait se retenir de lui dire ses quatre vérités, et pourtant... Elle songea plusieurs fois que la véritable colère de Frank éclaterait un jour. Il n'était pas assez solide pour jouer cette comédie trop longtemps. « Ce sera le signal du départ », songeait-elle en soupirant. Mais elle attendrait la dernière limite.

Un matin, alors qu'elle s'était levée avec le jour, elle croisa Maureen qui regagnait furtivement sa chambre, et l'appela :

— Comment allez-vous ? lui demanda-t-elle avec gentillesse.

— Cela vous intéresse réellement ? rétorqua la jeune Anglaise en l'invitant presque à contrecœur à entrer dans sa chambre. Personne ne s'est beaucoup soucié de moi depuis quelques jours.

— Votre père n'est pas inquiet en effet, concéda Barbara.

Maureen se planta en face d'elle, les poings sur les hanches, le visage contracté :

— Que lui avez-vous dit ?

— Mais... rien.

— Allons donc ! S'il m'avait crue enceinte de Dorian, il m'aurait fait rechercher dans tout Malte en espérant m'obliger à revenir à la raison.

— C'est ce que vous espériez ?

— Pas vraiment. Mais je suis étonnée de son absence de réaction.

— Qui est le père de votre enfant, Maureen ?

— Il n'y a pas plus de père que d'enfant ! s'exclama-t-elle avec un rire douloureux. Mais cela, mon père ne le saura jamais. Je jouerai la comédie jusqu'au retour de Dorian et là, nous verrons bien qui il croira.

— C'est insensé, fit remarquer Barbara avec une compassion réelle. Personne ne vous...

— Pourquoi ? Est-ce vous qui leur avouerez la vérité ? Allez-vous utiliser ma confession imprudente ?

— Oh... Calmez-vous, Maureen. J'ignore pourquoi vous m'avez prise en grippe subitement mais...

— Vous êtes habile, coupa la jeune femme. Frank avait raison. Sous des dehors amicaux et désintéressés, vous espérez me faire renoncer à Dorian. Tout cela parce que vous avez peur que Frank ne se décide pas assez vite à vous épouser !

— C'est ridicule, je...

— Oh, assez ! Nous sommes tous là à nous mentir, à nous battre chacun pour soi. J'ai l'impression de devenir folle ! hurla-t-elle en s'empoignant la tête à pleines mains. Epousez Frank le plus vite possible et ne vous occupez ni de moi ni de Dorian !

Elle trébucha au milieu de la pièce, comme ivre de douleur et fixa ses yeux brillants sur Barbara atterrée.

— Il vous regardait trop avant son départ, poursuivit-elle au bord des larmes. N'étayez pas mes soupçons, Barbara...

Elles se regardèrent férocement, comme prêtes à fondre l'une sur l'autre. Barbara poussa un soupir et sortit.

Quand elle regagna sa chambre, sa décision était prise. Cette ultime entrevue avec Maureen, dont l'hostilité flagrante ne pouvait que s'accroître davantage, la poussait à partir définitivement. A quoi bon attendre un homme insaisissable et que les circonstances ne lui permettaient pas d'aimer ?

Le soir après dîner, Richard se retira dans ses appartements. Il était de plus en plus soucieux chaque jour. Les discussions avec Barbara, qu'il affectionnait dans les premiers temps, se firent plus rares. Une sorte d'insidieux malaise s'infiltrait entre eux. Souvent il la considérait avec une tristesse affectueuse, un peu méfiant parfois.

— N'avez-vous aucune nouvelle de Dorian ? lui demandait-il avec une feinte insouciance.

— Non. Pourquoi en aurais-je ? répondait Barbara que cette supposée intimité torturait chaque jour davantage.

Elle se retrouva donc seule avec Frank. Au-dehors, la nuit maltaise était devenue plus moite. Pas un souffle d'air.

— L'été devient insupportable ici, maugréa Frank en desserrant le nœud de sa cravate. Et si nous partions quelques jours, qu'en diriez-vous, Barbara ?

— Je vais partir en effet, annonça-t-elle sans autre préambule. Mais seule, et pour toujours.

— Vous plaisantez.

— Pas du tout. Je ne me suis que trop attardée.

— Où comptez-vous aller ?

— En France. Paris peut-être...

Il la regardait fixement et, une fois de plus, l'éclat de ses yeux noirs profondément enfoncés dans leur orbite, la mit fort mal à l'aise.

— Buvons, Barbara ! lui proposa-t-il en lui tendant un verre l'alcool.

— Je n'y tiens pas, merci. Et je crois que vous avez assez bu pendant le repas.

— Mais si, voyons. Il faut fêter votre départ.

Sa voix sonnait de façon si fausse et si étrange qu'elle ne put s'empêcher de frissonner.

— Vous avez froid ? railla-t-il en la forçant à prendre le verre.

— Non.

Il fit quelques pas dans la pièce, songeur mais terriblement sûr de lui.

— Mes assiduités vous ont répugnée peut-être, commença-t-il, en se plantant face à elle. Mais pour vous rassurer, je peux vous annoncer que je suis moins... pressé en ce qui concerne l'officialisation de notre union...

— Pourquoi cela ?

— J'ai tout lieu de penser que Dorian a définitivement quitté Malte. En son absence, je ne me suis pas privé de mettre le nez dans ses affaires. Or, il se trouve qu'il a confié officiellement la direction de l' « Evening Post » à son plus proche collaborateur. Sous réserve bien sûr que cette décision soit sanctionnée par l'ensemble des actionnaires.

— Je... Je ne vois pas pourquoi il n'en aurait pas averti votre père, balbutia Barbara en s'efforçant de dissimuler son émotion.

— Il y a deux hypothèses. Ses amis vous diront qu'il est parti comme il était venu il y a plus de quinze ans, sans rendre de comptes à personne. Ils conforteront son image de solitaire romantique.

— Ce n'est pas votre version, je suppose.

— Effectivement. Moi, je pense qu'il a fui. Il a senti qu'il était allé trop loin, il s'est enfui par lâcheté.

— « Trop loin » ?

— Il a trompé mon père, il s'est moqué outrageusement de Maureen... Quant à moi, ajouta-t-il avec un ton haineux, il m'a maintenu la tête sous l'eau, m'a déprécié sans cesse auprès de mon père. Pendant quinze ans, j'ai été pieds et poings liés...

— Vous en rajoutez.

— Nullement. Pour je ne sais quelle raison obscure, une raison que nous ne connaîtrons jamais, Dorian s'est infiltré chez nous avec un but de vengeance. Il a pris la famille Hamilton pour cible de sa haine. Il était habile, patient, machiavélique... Un ver dans le fruit.

Malgré ces métaphores emphatiques, Barbara n'avait pu s'empêcher de l'écouter. Au plus profond d'elle-même elle savait qu'il disait vrai. Elle éprouvait soudainement pour Frank une sorte de compréhension, dénuée de tendresse cependant.

— Vous n'étiez qu'une carte de plus dans son jeu, poursuivit implacablement celui-ci. Un atout dont il comptait se servir pour me couler définitivement aux yeux de mon père. Il nous a tous manœuvrés avec une psychologie... diabolique !

Au fur et à mesure qu'il parlait, la voix de Frank était devenue de plus en plus forte, de plus en plus hachée, comme s'il subissait une réelle souffrance physique. L'éclat de ses prunelles ne reflétait plus la colère ou l'excitation mais la démence. Barbara comprit instantanément qu'il allait entrer dans l'une de ses terribles crises éthyliques. Elle devait intervenir :

— Calmez-vous, Frank, articula-t-elle d'une voix très douce.

Mais comme les mots étaient dérisoires, inutiles à cet instant...

— « Calmez-vous, calme-toi... » répéta-t-il avec un rire qui ressemblait à un sanglot. Je n'entends que cela depuis des années ! On veut me faire croire que je suis fou, que j'ai inventé cette histoire de toutes pièces ! Mais c'est faux ! hurla-t-il en lançant son verre vide contre le mur.

Il se retourna vers elle, hagard, les yeux exorbités. Il tenait à peine sur ses jambes mais s'avança vers Barbara, terrifiée.

— Frank ! appela-t-elle en s'efforçant de lui sourire. Ne vous mettez pas dans un état pareil pour Dorian. Oubliez-le.

— L'oublier ! ricana-t-il sauvagement en accrochant les épaules de la jeune femme. Vous êtes là, en face de moi, à essayer de le défendre, alors que le seul fait de votre présence suffit à me le rappeler !

— Mais... pourquoi, Frank ?

— Vous osez me le demander ? Croyez-vous que j'ignore que vous avez été sa maîtresse ou que vous le serez plus tard ? C'est uniquement pour cette raison que je ne vous laisserai pas partir ! Vous serez ma femme, Barbara et, au moins une fois dans ma vie, ce sera moi le vainqueur !

— Vous ne savez plus ce que vous dites, Frank ! hurla-t-elle en essayant de se dégager des mains de fer qui lui broyaient les épaules. Je m'y refuse ! Vous n'êtes pas réellement mon mari, je demanderai une annulation !

Frank s'immobilisa instantanément et la contempla avec une cruauté sans précédent. Ses doigts posés sur elle, son corps si proche, l'écœuraient.

— Nous avons mieux à faire ce soir que de régler un différend juridique, dit-il avec un rire lourd et diabolique. Tu oses parler d'annulation, c'est très touchant...

— Je vous interdis de me tutoyer. Et ne me touchez plus !

— Ne te fais pas d'illusions, ma belle. D'ici quelques minutes, tu ne pourras plus prétendre à l'annulation...

La raison de Barbara vacilla pour laisser place à la terreur. Elle ne pouvait plus maîtriser les battements désordonnés de son cœur.

— Je vais hurler, Frank... et quelqu'un viendra !

— Ah oui ? Qui ? Maureen n'est pas là, mon père prend des somnifères pour dormir et les domestiques sont au second étage. Nous sommes parfaitement seuls.

Il l'étreignit avec violence, écrasa sa bouche sur la sienne. Les poignets immobilisés, Barbara ne pouvait ni crier ni se débattre. Il lui restait un seul espoir : le retour de Frank à la raison. Elle réussit à dégager ses lèvres meurtries.

— Vous me dégoûtez, Frank. Arrêtez... Nous devons parler, nous expliquer...

— J'ai mieux à faire...

Il la projeta au sol et se jeta sur elle avec une avidité sauvage et démentielle. Les yeux injectés de sang, souriant, il la regardait hurler et se débattre. Bientôt, ce ne furent plus que larmes silencieuses.

— Faudra-t-il ajouter le viol au compte de tes bassesses ? interrogea soudain une voix inespérée.

Frank se raidit, leva la tête vers la porte.

— Dorian ! murmura-t-il.

Il ne fut plus alors qu'un spectre secoué d'un irrépressible tremblement. Il roula sur le tapis, défait, ses lèvres exsangues proféraient d'inaudibles paroles.

Barbara, libérée du poids qui l'oppressait, se recroquevilla sur elle-même, baissa les paupières. Le temps semblait s'être arrêté sur ce triste et pathétique spectacle.

Dorian restait sur le seuil de la porte. Son regard douloureux, le léger tremblement de sa mâchoire, révélaient tout à coup toute sa vulnérabilité. Il fit quelques pas vers Barbara, l'aida à se relever mais ses gestes étaient dénués de tendresse. Ses yeux, d'une étrange transparence étaient posés sur elle mais pourtant, il n'avait pas l'air de la voir. Presque malgré elle, elle se blottit contre lui. Une main impersonnelle effleura son visage baigné de larmes, il la repoussa doucement. Ce semblant de retrouvailles leur laissa un goût amer dans la bouche.

Frank parut enfin sortir de sa léthargie. Il se mit péniblement sur pied et, sans les regarder, marcha vers le bar.

— Zorro est arrivé... maugréa-t-il en se servant une énième rasade de whisky. J'espérais ne jamais te revoir, mon « grand frère » adoré.

Son rire n'était que sanglots avortés. Il tournoya dans la pièce en ânonnant quelques bribes de la dernière chanson à la mode. Le corps de Barbara était encore secoué d'un tremblement irrépressible. Seul Dorian, debout au milieu du salon, une cigarette aux lèvres, était à peu près dans un état normal.

— Tu n'as pas tort, répondit-il enfin. Je repars cette nuit.

— Et peut-on savoir à quoi nous devons l'honneur de ta visite éclair ?

— Cela ne te concerne pas. Je ne fais plus partie du « clan » Hamilton !

— Je suis heureux de l'apprendre ! s'exclama Frank en levant son verre d'un large mouvement. Mais tu aurais pu te dispenser de cette fausse sortie. Ne me dis pas que tu as oublié ta brosse à dents !

— Non, c'est plus important. Je suis venu chercher Barbara.

Ces paroles provoquèrent un silence de mort. Une immense joie, débridée, désordonnée, éclata dans le cœur de la jeune femme. Elle s'imagina courir vers lui, se jeter dans ses bras pour une folle étreinte, une extase illimitée. Mais son corps ne lui obéit pas. Ils étaient comme prisonniers dans des cages de verre.

Un voile noir se profilait à l'horizon, sans qu'elle pût l'expliquer.

Frank resta muet de stupeur, de colère, pendant plusieurs secondes. Les traits crispés de son visage livide ne reflétaient plus le sarcasme, ni la révolte.

— Prends-la, articula-t-il d'une voix presque inhumaine. Je te la donne. Mais c'est ton ultime victoire, Dorian. Tu ne remettras plus jamais les pieds ici. Je laisse partir Barbara à cette seule condition.

— D'accord...

Comme s'ils avaient déjà cessé d'exister pour lui, Frank traversa le salon d'une démarche saccadée, quasi-mécanique. Ils l'entendirent claquer la lourde porte d'entrée. Une minute plus tard, il fit vrombir le moteur de sa Jaguar. Les pneus crissèrent sur l'asphalte, le vacarme s'évanouit dans la nuit.

— Barbara ?

Dorian l'avait appelée doucement, la regardait enfin, lui tendait les bras, venait vers elle. Elle se jeta contre lui, l'étreignit à perdre haleine. Leurs lèvres ne pourraient jamais étancher cette soif qu'ils avaient l'un de l'autre.

— Mon amour... Mon merveilleux amour... chuchota-t-il au creux de son oreille. Dis-moi que j'ai bien fait de revenir. Tu m'attendais, n'est-ce pas ? Nous allons partir ?

Et ses questions si douces avaient un goût de passion anxieuse.

— Je t'aime, Dorian ! s'écria-t-elle ivre de bonheur.

Tout à leurs caresses, ils n'entendirent pas la sonnerie insistante du téléphone.

La porte s'ouvrit brusquement. Pâle, submergé par une inexplicable émotion, Edward ouvrit plusieurs fois la bouche avant de réussir à parler :

— Mon... Monsieur Frank est mort. Sa voiture s'est écrasée contre un mur.

Silence. Regards éperdus.

— C'est de ma faute, articula Dorian d'une voix atone.

Ses yeux se détachèrent de Barbara, déjà renonçants, déjà nostalgiques.

La nuit même, il quittait la maison. Barbara ne le revit pas.

CHAPITRE IX

Un sandwich entre les dents, une tasse de café à la main, Barbara se pelotonna sur l'étroit divan de velours qui composait le seul ameublement du deux-pièces dans lequel elle avait emménagé deux mois plus tôt. A travers les baies vitrées de son neuvième étage, elle avait une vue magnifique sur Paris illuminé.

La nuit tombait si tôt à présent… Des toits à perte de vue émaillés de ces milliers de petits rectangles jaunes. Derrière chacune de ces fenêtres éclairées, elle essayait d'imaginer des visages, des histoires.

Elle parcourut la pièce du regard, les grands murs blancs et nus, s'efforçant une fois de plus d'imaginer la décoration future. Mais comme tout cela était vain… Les rares soirées qu'elle passait chez elle se soldaient systématiquement par un échec. Ces pauses, pourtant rares, dans la vie frénétique qu'elle s'était organisée, ne lui étaient d'aucun secours.

Sa table, recouverte de livres, de papiers et d'une machine à écrire, offrait un spectacle désolant et peu digne d'intérêt. Ses yeux revenaient sans cesse vers le téléphone posé sur la moquette, à ses pieds. Elle le contemplait pendant des heures, le suppliant de sonner.

Elle s'assit à son bureau et se mit en devoir d'éplucher les quotidiens comme elle le faisait chaque soir depuis son entrée à l'école de journalisme. En dehors de ses cours, qui suffisaient à l'occuper pendant le jour, elle sortait presque chaque soir, seule ou avec des amis.

Dans la rue elle scrutait chaque visage, courait parfois après un passant dans l'espoir de le reconnaître. Mais tous ses faux espoirs ne faisaient qu'accroître sa lassitude.

Les premiers jours qui avaient succédé à son départ de Malte, elle fut tentée d'appeler chez les Hamilton, ne serait-ce que pour s'excuser de cette fuite précipitée. Mais les mots, bien préparés à l'avance, s'échappaient de son esprit dès qu'elle décrochait le combiné.

Elle se souvenait de tout, de chaque détail, avec une précision douloureuse. Immédiatement après l'annonce de la mort de Frank, Dorian était monté dans la chambre de Richard Hamilton. Il l'avait réveillé après avoir exigé auprès des domestiques de lui annoncer la triste nouvelle lui-même. Barbara était restée avec Edward et Maria, se réfugiant avec eux à l'office pour ne pas être seule. Que s'était-il passé entre les deux hommes lorsque, au bout de deux heures, Edward avait été appelé au chevet du vieillard ?

Barbara avait entendu des bruits de portes, de pas précipités. Quand le vieux maître d'hôtel était revenu dans la cuisine, il leur avait annoncé le départ définitif de Dorian. Richard, abattu et affaibli, avait vu un médecin. Celui-ci avait dû lui faire une piqûre pour le calmer et l'aider à s'endormir.

Hébétée, incapable d'une seule décision, Barbara s'était rendu compte trop tard qu'elle ne pourrait jamais rattraper Dorian. Elle était seule, à l'étage supérieur. Richard dormait d'un sommeil lourd et artificiel, Maureen n'était pas réapparue.

Elle était demeurée avec Edward et Maria, pleurant silencieusement pendant d'interminables heures. A l'aube, elle avait fait appeler un taxi et s'était rendue à l'aéroport. A peine sortie de la maison, elle regrettait déjà ce petit mot dérisoire qu'elle avait laissé dans l'entrée à l'attention de Richard et Maureen Hamilton : « Vous préférerez sans doute vous retrouver seuls. Croyez en ma sincère affection. Signé : Barbara. » Elle n'avait osé parler ni de Frank, ni de Dorian.

Et cette culpabilité lancinante qu'elle s'efforçait chaque jour d'étouffer mais qui revenait chaque nuit avec plus de force. Si elle ne s'était pas sentie coupable elle aussi, elle aurait eu le courage de retenir Dorian, la force de son amour l'aurait aidé à oublier. Où était-il aujourd'hui ? Dans quel coin perdu cachait-il ses blessures et sa honte ?

Il était près de minuit et Barbara s'apprêtait, avec peu d'espoir de trouver le sommeil, à se coucher sur son matelas de fortune. Alors qu'elle fermait les yeux, la sonnerie du téléphone se fit entendre. A cette heure-ci il s'agissait forcément de quelque chose de grave. Elle se précipita vers l'appareil, en proie à une étrange excitation, et décrocha le combiné.

— Allô ?

— Barbara ?

Une voix féminine qui semblait venir de très loin.

— C'est Maureen Hamilton. Je ne vous réveille pas, j'espère ?

— Non, non... Oh, Maureen, je suis si...

— J'essaie de vous joindre depuis plusieurs jours. J'ai eu votre numéro par votre père. Comme vous n'étiez jamais là, je me suis décidée à vous appeler dans la nuit.

Le cerveau de Barbara enregistrait machinalement les explications de la jeune femme. Mais elle avait une voix si douce, si amicale, qui lui procurait un réel bien-être.

— Où êtes-vous, Maureen ? A Paris ?

— Non. Je suis toujours à Malte.

Un silence. Etait-ce bien le moment de poser des

questions ? Brusquement, Barbara ressentit le désir impérieux de revoir cette île, cette grande maison, qu'elle aurait pu aimer en des circonstances moins tragiques. Des souvenirs de parfums, de visages, s'imposèrent à elle, comme si ce lien artificiel qu'était le téléphone, suffisait à l'inviter au voyage.

— Vous êtes toujours là, Barbara ?

— Oui, bien sûr, Maureen. Pardonnez-moi, je... Je suis tellement émue que vous m'appeliez.

— Moi aussi... chuchota la voix métamorphosée de la jeune Anglaise.

Puis soudain :

— Venez, Barbara. Prenez le premier avion pour Malte. Mon... Mon père veut vous voir.

— Comment va-t-il ?

— Pas très bien, en vérité. Il a eu une attaque récemment. Il vous réclame. Ses... ses fils lui manquent, vous savez...

Barbara ne chercha pas à refouler ses larmes. Elle imaginait la vieille demeure, hantée par le vieil homme et sa fille, tellement seuls.

— J'arrive, dit-elle sans tergiverser. Je prends le premier avion demain matin.

— Merci ! s'exclama Maureen dans une sincère explosion de joie. Je viendrai vous attendre à l'aéroport.

— A demain... murmura Barbara avant de raccrocher pensivement.

Mais comme demain était loin encore...

Il faisait moins chaud que dans son souvenir lorsqu'elle posa le pied à terre. Le sol exhalait des parfums de pluie. Octobre existait aussi à Malte.

Vêtue d'un jean et d'un imperméable serré à la taille, une minuscule valise à la main, Barbara aperçut très vite la chevelure dorée de sa compagne. Elles coururent l'une vers l'autre, souriantes, mais s'arrêtèrent à quelques pas.

— On s'embrasse ? dit Maureen avec une moue amusée.

Elles s'étreignirent comme deux amies qui ne se seraient pas vues pendant des années. Avec une sorte de vertige, Barbara comprit comme le temps et les événements pouvaient bouleverser les relations humaines.

— Je suis si heureuse de vous voir, Barbara ! Vous avez maigri, non ?

— Peut-être, concéda-t-elle avec un petit rire ému. Vous, Maureen, vous avez embelli.

— Vous voulez dire que je fais mon âge, n'est-ce pas ?

— Oui. Mais votre âge vous va bien.

Elles se mirent à rire et gagnèrent la voiture sous une pluie battante.

— Cela ne vous a pas posé trop de problèmes de venir ? demanda la jeune Anglaise une fois à l'abri. Papa était ravi, vous savez. Je lui ai annoncé votre arrivée ce matin.

— Pourquoi voulait-il me voir, moi ?

— Il a beaucoup d'affection pour vous, une affection très sincère, et puis...

— Oui ?

— Lui et moi nous pensons que vous nous aiderez à retrouver Dorian.

Bien qu'une ombre furtive passât dans son regard, Maureen avait parlé d'une voix tout à fait normale, presque détachée. Les deux femmes se regardèrent droit dans les yeux, en silence. Barbara avait pâli et son fin visage, creusé par des semaines d'attente, reflétait toute son impuissance et sa tristesse.

— N'ayez aucune crainte, lui dit Maureen d'une voix rassurante. Chacun sait à quoi s'en tenir désormais.

C'est fini le temps des mystères, des conflits, des rancœurs. Frank et Dorian ne sont pas sujets tabous.

Barbara lui jeta un coup d'œil reconnaissant.

— Je suis partie si vite après le... drame. J'avais tellement honte, Maureen, Tellement mal...

— Je sais. Mais le temps nous aide à oublier.

— Vous avez changé...

— Les circonstances m'y ont obligée, répondit la jeune femme d'une voix plus sourde. La mort de Frank et puis... quand une femme découvre que l'homme qu'elle a aimé depuis son enfance est... son frère... Je n'avais le choix qu'entre la dépression nerveuse ou le retour à une vie normale. J'ai choisi. Mon père m'y a aidée. Il avait besoin de moi et j'avais terriblement besoin de lui.

— C'est lui qui vous a raconté au sujet de Dorian ?

— Qui d'autre ? Il a gardé son secret pendant tant d'années... Vous aviez deviné, m'a-t-il confié.

— Oui.

— Pourquoi ne pas nous l'avoir dit ?

— Ce n'était pas à moi de le faire savoir à ses enfants, Maureen. Je n'en avais pas le droit. Il devait avoir une bonne raison pour vous l'avoir caché.

— Oh... Il ne le sait plus lui-même.

Maureen quitta subitement ses tristes pensées et fit démarrer le moteur de la voiture.

— Dépêchons-nous ! Père est devenu si capricieux qu'il va s'imaginer que nous l'abandonnons !

Elles ne parlèrent plus. Ce trajet rappelait douloureusement à Barbara son premier séjour à Malte, lorsque, soi-disant jeune mariée, elle l'avait parcouru avec Dorian. Si elle s'était sentie un peu inquiète ou perdue alors, elle était loin de cette amertume lancinante qui la tenaillait aujourd'hui. C'était il y a trois mois. Elle connaissait Dorian depuis vingt-quatre heures à peine et déjà elle l'aimait.

— Ne faites pas cette triste mine, l'encouragea

Maureen alors qu'elle se garait souplement contre le trottoir face à la mer. C'est peut-être cruel de vous le demander, mais nous devons nous montrer joyeuses face à mon père. Il... Il a tout perdu, vous savez.

— Vous lui restez, Maureen. C'est important aussi. Je ferai bonne figure, ne vous inquiétez pas.

Pourtant, quand elle découvrit le visage émacié de son hôte, sa maigreur accentuée, ses yeux plus ternes, elle sentit faiblir ses résolutions. Richard ne quittait plus sa chambre depuis une dizaine de jours. Il partageait ses journées entre son lit et un confortable rocking-chair. Edward, Maria et Maureen se relayaient auprès de lui. Avec sa fille, il disputait d'interminables parties d'échec.

Barbara lui tendit la main, hésita, puis se pencha vers lui pour l'embrasser sur les deux joues.

— Je suis très heureuse de vous revoir, monsieur Hamilton, déclara-t-elle avec un grand sourire.

— Moi aussi, Barbara. Moi aussi...

Ses yeux se perdirent dans le vague. Bien qu'il ait encore toute sa tête, il était sujet à de fréquentes absences.

— Asseyez-vous, proposa-t-il à son invitée. Edward va vous apporter un café et des jus de fruits.

Elle ne savait que dire, déroutée.

— Vous vouliez me voir, monsieur Hamilton...

— Oui. Mais ce n'était pas pour une visite rapide, sinon je me serais contenté de vous parler au téléphone. J'aimerais, si cela vous est possible, que vous restiez quelques jours avec Maureen et moi. La maison est tellement... tellement vide.

« Mais pourquoi moi ? ne pouvait-elle s'empêcher de se demander. Richard Hamilton a toujours été un homme très entouré et sollicité. Il ne devait pas manquer d'amis. »

— C'est à cause de Dorian, murmura le vieil homme comme s'il avait deviné ses interrogations.

— Maureen me l'a dit, mais... Je ne peux rien, vous savez. Je ne l'ai pas revu.

— Mais vous le reverrez, affirma Richard en souriant. J'ignore où il a pu partir, mais s'il décide un jour d'oublier le passé, ce sera vers vous qu'il ira.

— Votre certitude me fait peur. Je ne me sens pas le courage d'attendre des années...

— Justement. Il le sait. S'il tient à vous, il ne tardera plus très longtemps.

« S'il tient à vous... »

— Voilà une clause bien restrictive ! s'exclama-t-elle en s'efforçant de plaisanter.

— Dorian est fidèle, dans l'amour, comme dans la haine, malheureusement... Il me rappelle tellement sa mère...

Il s'échappa dans ses souvenirs et Barbara dut aller ouvrir à Edward qui apportait un plateau chargé d'un copieux petit déjeuner. Elle le déchargea de son fardeau et le remercia doucement. Un verre de jus d'orange à la main, elle attendait que son hôte reprenne la parole.

— Je voudrais vous parler de sa mère, commença-t-il comme une supplique. Je n'ose pas trop avec Maureen. Elle penserait peut-être que je vénère plus le souvenir de cette femme que celui de Margaret...

— Je vous en prie... balbutia Barbara que ce rôle de confidente torturait puisqu'il devrait sans cesse lui rappeler Dorian.

— J'étais jeune homme lorsque j'ai rencontré Vilma Venza. Je venais d'arriver à Malte et, loin de me réfugier dans les milieux anglais exclusivement, je m'appliquais à vivre parmi les Maltais, à fréquenter leurs lieux de réunion. J'avais vingt ans à peine, tout frais émoulu d'Oxford, et je croyais en la fraternité, en l'égalité des hommes. J'étais venu ici comme journaliste et je traînais derrière moi une cohorte d'idées humanistes. Je me suis très vite aperçu que la réalité était loin d'être aussi belle que mes idées. Vilma était une fille de pêcheur, issue d'un milieu plus que modeste. Je l'avais rencontrée dans une réunion politique à laquelle je m'étais rendu par curiosité professionnelle. Vilma était instruite pour quelqu'un de son milieu, plus que ses semblables. Elle avait passé six mois en Angleterre comme gouvernante. Elle accompagnait une famille de colons qui étaient retournés chez eux pour quelque temps. Après la réunion où elle avait pris plusieurs fois la parole, je lui ai parlé... Et puis, nous nous sommes revus, aimés. Nous sommes devenus amants. Je suis resté deux ans à Malte et, grâce à elle, ce furent les plus belles années de ma vie...

Il se tut, se perdit à nouveau dans ses souvenirs.

— Je ne vous ennuie pas, mon petit? s'enquit-il soudain.

— Pas du tout, murmura Barbara que le récit du vieil homme fascinait et émouvait à la fois.

— Ensuite, reprit-il, j'ai dû rentrer en Angleterre pour des raisons familiales. J'ai promis à Vilma de revenir définitivement et de l'épouser... Je ne sais toujours pas si j'étais naïf ou idiot... Mon père possédait déjà quelques journaux, mais il était au bord de la faillite, je l'ignorais. Une fois à Londres, je me suis vu obligé d'assumer de nombreuses tâches à sa place. Il désirait que je lui succède le plus vite possible. Un jour, il m'a demandé d'épouser Margaret Bradford qui était la fille d'une autre magnat de la presse. J'ai protesté avec véhémence, je lui ai parlé de Vilma. Il n'a rien voulu entendre. Il prétendait que je n'avais pas le droit de m'abaisser à épouser une Maltaise sans nom et sans fortune. Je ne sais toujours pas pourquoi j'ai cédé...

Barbara ne perdait pas une seule de ses paroles mais ces histoires de mariage forcé, de supplications d'un père malade et affaibli, ne lui rappelait que trop ce qu'elle et les fils de Richard Hamilton avaient vécu. Elle espéra brusquement que ce dernier n'ait jamais eu vent de son pseudo-mariage avec Frank. Apparemment, Maureen n'en avait rien dit à son père, elle avait bien fait.

— Vous n'avez jamais revu Vilma ?

— Oh, si ! Je ne pouvais pas me passer d'elle. Mes fiançailles avec Margaret ont duré des années... J'ai fait plusieurs courts séjours à Malte. J'avais tout dit à Vilma, elle savait que notre amour était sans espoir d'avenir. Et puis, nous nous sommes séparés définitivement... J'ai épousé Margaret comme un bon fils docile... Je l'aimais bien et nous nous sommes bien entendus. Mais aucune passion, aucun amour véritable. Je n'avais laissé à Vilma, en gage d'amour éternel, qu'un ridicule anneau d'or et... un enfant qu'elle portait en elle et dont j'ignorais l'existence...

Le visage de Richard était devenu encore plus terne, terreux. Une larme coula sur sa joue ridée.

— Margaret ne savait rien de ma liaison avec Vilma. Je me suis toujours refusé à lui en parler, mais j'ai exigé que nous venions vivre ici au bout de deux ans de mariage. Je ne cherchais pas à retrouver Vilma mais j'avais besoin d'être proche d'elle, de respirer le même air qu'elle... Elle a sans doute appris ma présence sur l'île, et bien qu'elle élevât notre fils dans une misère quasi-totale, elle n'est jamais venu me trouver.

— Que pensiez-vous qu'elle était devenue ? demanda brusquement Barbara que cette ignorance hypocrite révoltait soudain.

— Je sais, je ne m'en suis pas soucié, répondit-il avec un amer rictus. Mais j'étais persuadé qu'elle s'était mariée, qu'elle avait une famille. Elle était si belle... Je m'en suis assez voulu par la suite. Elle avait les mêmes yeux que Dorian, exactement...

— C'est ainsi que vous l'avez reconnu ?

— Je ne l'ai pas reconnu le premier soir. C'est plus tard, au fur et à mesure de nos rencontres secrètes. Quand il était assis sur le rebord de la fenêtre de mon bureau. Peu à peu, j'ai reconnu des gestes, des inflexions de voix... Jusqu'à cet anneau qu'il portait autour du cou, celui que j'avais donné à sa mère.

— Pourquoi n'avoir rien dit à Dorian ?

— Je ne pouvais pas, répondit le vieil homme au bord des larmes. Je préférais essayer de me rattraper sans qu'il le sache. Il avait vécu si pauvrement et Vilma était morte encore très jeune. J'avais peur qu'il me haïsse quand moi je l'adorais comme un père aime son fils...

— Dorian ne s'en est jamais douté ?

— Peut-être. Mais il préférait n'en avoir aucune certitude, je crois. Il m'aimait bien, mais il avait décidé que chaque Anglais serait un ennemi.

— Est-ce sa mère qui lui a transmis cette haine ?

— Je l'ignore. Vilma la première a préféré que nous rompions définitivement. Elle était fière, forte. Mais qui sait si les années de misère ne l'ont pas transformée... Dorian savait que son père était anglais. Mais sa haine était plus dirigée contre Frank, il avait tout cristallisé sur lui. Comme s'il avait dû être à sa place.

— Oui, nous savons tout cela maintenant... l'interrompit Barbara avec une sécheresse qu'elle regretta aussitôt.

Richard la regarda avec un étonnement mêlé de tristesse et d'admiration.

— Vous me jugez, n'est-ce pas ? Et vous n'avez pas tort, Barbara. Comment pourrais-je vous le reprocher ?

— Pardonnez-moi, monsieur Hamilton. Je ne voulais pas...

— J'ai tout avoué à Dorian le soir de la mort de Frank. Plus aucun mensonge, plus aucun secret. Il était au courant de la situation lorsqu'il a décidé de partir. S'il revient un jour, je n'ai qu'une chose à vous demander : c'est de l'aimer. De l'aimer comme je n'ai pas su aimer sa mère...

— Je ne peux pas aimer un fantôme, monsieur

Hamilton, déclara-t-elle avec une sourde colère. Qui vous dit qu'il reviendra ?

— S'il lit les journaux, il aura appris que j'ai eu une nouvelle crise cardiaque. Peut-être alors me pardonnera-t-il... Mais c'est vers vous qu'il ira.

— Il n'a rien à vous pardonner, murmura-t-elle avec plus de douceur. Un jour il m'a dit que vous aviez largement payé votre dette envers lui. C'est à lui-même qu'il en veut le plus...

Richard hocha tristement la tête, poussa un long soupir.

— Je vais vous laisser, annonça-t-elle en se levant. Vous devez être fatigué d'avoir tant parlé. Je reviendrai.

Elle passa le reste de la journée à errer dans la maison en quête de souvenirs ou d'espoir. Maureen fit deux brèves apparitions entre les soins qu'elle prodiguait à son père et quelques courses au-dehors.

— J'ai un rendez-vous avec Peter, ce soir, annonça-t-elle après le dîner. Cela ne vous ennuie pas trop que je vous abandonne ?

— Oh, non. Allez-y, Maureen. Je vais lire un peu et j'irai me coucher.

— Si vous voulez des livres, consultez donc la bibliothèque dans le bureau de mon père. Elle vous intéressera sûrement.

Barbara n'était encore jamais rentrée dans cette pièce, mais elle était exactement comme elle l'avait imaginée. Les souvenirs de Richard étaient devenus les siens. Elle ouvrit la grande fenêtre qui donnait sur le jardin.

Il pleuvait, comme le jour où Dorian était venu ici pour la première fois. Des odeurs d'amandier, de terre humide et chaude, nouvelles effluves de souvenirs qui seraient aussi les siens désormais.

Avec une sorte de rage désespérée, elle fit volte-face et s'appliqua à déchiffrer chaque tranche de livre sur les rayonnages de la bibliothèque. Cette nostalgie n'était pas la sienne.

Un glissement furtif la fit se retourner brutalement, elle poussa un cri, vacilla légèrement.

Dorian était là, assis sur la fenêtre !

— Je deviens folle, balbutia-t-elle. J'ai des visions.

— Barbara... prononça la voix bien réelle de Dorian. Pardonnez-moi de vous avoir effrayée. Quand j'ai vu la lumière s'allumer, j'ai pensé que Richard était ici.

— Il... Il est dans sa chambre.

Ils étaient si loin l'un de l'autre, et la voix de Dorian, dénuée de tout sentiment, accroissait encore la distance qui les séparait. Il était tout habillé de noir mais il avait l'air si jeune avec son visage amaigri, ses cheveux trempés par la pluie.

— Richard aurait été heureux de vous voir apparaître là, dit-elle d'un ton ému. Comme autrefois...

— Ah... Il vous a raconté ?

— Oui. Depuis longtemps. L'été dernier...

Comme ces deux mots évoquaient une période lointaine, vers laquelle elle ne pourrait jamais revenir...

— Vous... Il vous attendait. Il a besoin de vous, Dorian.

— Oui, je sais. Je ne pensais pas vous trouver à Malte, Barbara. Comment cela se fait-il ?

Elle crut déchiffrer dans sa question une colère sourde, une déception sans bornes.

— Richard et Maureen m'ont demandé de venir. Je suis arrivée ce matin en avion.

— Pourquoi voulaient-ils vous voir ? Pour évoquer le « bon temps » ?

— Vous êtes toujours aussi cynique, Dorian. Si ma présence vous déplaît, vous ne la subirez plus longtemps. Je vous laisse à vos retrouvailles familiales !

Elle se dirigeait vers la porte, le regard voilé de larmes.

— Attendez... murmura-t-il d'une voix plus douce. Vous n'avez pas répondu à ma question.

— Ce n'est pas important.

— Répondez-moi.

Elle se retourna vers lui, appuya son corps tremblant contre le mur, encore hésitante. La colère, le désespoir, donnaient à ses yeux dorés un éclat dur, à peine supportable. Dorian la regardait pourtant sans ciller.

— Quel est votre rôle aujourd'hui ? reprit-il d'une voix sourde. A qui est-ce que je m'adresse ? A la veuve de Frank ?

— Ne parlez pas ainsi ! s'écria-t-elle. Serez-vous toujours aussi haineux ?

— Je n'ai plus de haine que pour moi-même.

— Alors, retournez vous terrer dans votre trou, Dorian ! articula-t-elle d'un ton implacable. Tant que vous porterez ce venin dans votre cœur, vous ne pourrez jamais aimer !

Les doigts nerveux de Dorian se crispèrent douloureusement sur la fenêtre.

— Taisez-vous. Je ne suis pas venu ici pour me faire dicter ma conduite.

— Alors, dépêchez-vous d'aller retrouver votre père ! renchérit-elle avec la même fureur. Le retour du fils prodigue ! C'est un rôle à votre mesure, non ?

— Merci du conseil, Barbara. Mais j'irai plus tard. Les circonstances m'obligent à changer mon emploi du temps.

Il baissa la tête, comme en proie à un douloureux combat intérieur.

— Vous ne me pardonnerez jamais d'être parti, n'est-ce pas, Barbara ?

Elle le dévisagea avec une rage où perçait un imperceptible éclat de joie.

— Je n'ai rien à absoudre, Dorian. Cherchez-vous encore des prétextes pour vous punir et vous haïr pour des fautes que vous n'avez pas commises ?

— J'ai tué Frank, chuchota-t-il d'une voix brisée. Après lui avoir fait mener une vie d'enfer…

Ce fut plus fort qu'elle. Elle courut vers lui, jeta ses bras autour de son cou, l'étreignit, l'embrassa à perdre haleine.

— Oh… Dorian ! murmura-t-elle en tenant son visage entre ses deux mains douces. Frank était un homme en perpétuel déséquilibre, vous le savez. Il n'a pas choisi de mourir, il était ivre mort. Vous n'êtes pas coupable, Dorian ! Ou alors, tout le monde est coupable : votre père, moi. Richard aurait dû vous avouer la vérité. Votre haine aurait disparu plus tôt.

Dorian la contempla d'un air hagard. Ses yeux brillant de larmes hésitaient entre la joie et la douleur.

— Je voudrais vous croire, Barbara. Parlez-moi encore, j'ai besoin de vous…

Elle tenait un corps inerte contre elle, comme un homme saisi de froid qu'elle devait réchauffer, ramener à la vie.

— Vous devez vous battre, dit-elle encore. Comme vous l'avez toujours fait. Mais pour vous-même cette fois. Il y a tant de gens qui vous aiment, Dorian. Qui ont besoin de vous.

— Mais je ne peux pas tout seul ! s'écria-t-il d'une voix déchirée. Et je ne veux pas de pitié. Aidez-moi, Barbara. Si vous le voulez seulement… Aimez-moi…

— D'accord, répliqua-t-elle d'un ton brusquement rieur. Mais à une condition…

— Laquelle ? demanda-t-il interloqué.

— Que vous m'aimiez aussi.

— Mmmm… Je vais y réfléchir… dit-il avec une moue dubitative.

Mais ses yeux verts à nouveau rieurs, ses mains soudain redevenues vivantes, démentaient son hésitation.

— Vous avez déjà assez réfléchi, chuchota Barbara

en effleurant ses lèvres. S'il vous faut encore du temps...

— Naïve... Je vous aime comme je n'ai jamais aimé personne, je vous aime plus que vous ne pourrez jamais m'aimer.

— Les paris sont ouverts ! s'exclama-t-elle dans une douce menace amoureuse.

Ils retrouvèrent ce désir infini qu'ils avaient l'un de l'autre. Leurs corps enflammés s'étreignirent avec ivresse, au rythme de leurs bouches fiévreuses.

— Vous m'avez manqué... souffla Dorian entre deux baisers.

— Vous l'avez bien cherché.

— Savez-vous où j'étais pendant ces trois mois ?

— Laissez-moi deviner... Voyons... Le Pôle Nord, l'Amazonie ?

— Non. J'étais à Paris.

— Quoi ? ? Et vous n'êtes pas venu me retrouver ?

— J'ai failli, mille fois. Mais je ne me sentais pas prêt. J'avais besoin de me réconcilier avec la vie.

— Idiot... Je vous aurais aidé. Et dire que j'ai passé des semaines entières à vous attendre !

— Vous n'étiez pas beaucoup chez vous, pourtant...

— Je m'occupais, protesta-t-elle. Oh, Dorian... Pourquoi n'êtes-vous pas venu plus tôt ?

— Je suis allé chez vous ce matin. Et comme vous étiez absente, j'ai décidé de venir voir mon père. Je savais qu'il avait eu une nouvelle attaque.

Il la contempla avec un amour sans bornes, ses mains se jouèrent de ses cheveux de feu.

— J'ai envie de vous, Barbara, ma chérie. Je veux cette nuit... et toutes les autres. Je suis amoureux de vous depuis le premier soir, chez vous, en France. Vous en souvenez-vous ?

— Mmmm... Rappelez-le-moi. J'ai besoin que vous me rafraîchissiez la mémoire.

Il l'embrassa avec fougue. Elle retrouvait l'homme

sensuel et passionné qu'elle n'avait jamais cherché à fuir.

Soudain, elle s'écarta de lui, porta une main à sa bouche.

— Mais au fait ! Nous sommes mariés, non ?

...DU MÊME AUTEUR... DANS

collection colombine

AU-DELÀ DES BRUMES

N° 59

Judith étouffe dans son luxueux appartement londonien ! Pourquoi donc Patrick, son mari, et Laura, sa belle-sœur, la maintiennent-ils dans une tour d'ivoire ? Sa convalescence s'éternise étrangement... Certes, un grave accident l'a laissée amnésique, la coupant de tous ses souvenirs.

Un jour, se présente un séduisant visiteur, François Sauveterre, qui la tire de sa léthargie. Ferait-il partie de son passé ? Judith n'ose y croire, il la bouleverse tant...

Il va même jusqu'à insinuer qu'elle est victime d'une machination diabolique !

Et s'il avait raison...

LA CRITIQUE DE COLOMBINE

« Je m'appelle Sandrine, j'ai 14 ans. Mon amie Nathalie, 14 ans, et moi lisons souvent vos livres... Colombine nous emmène dans son univers, on se met dans la peau du personnage temporairement.
Après chaque lecture, nous discutons des livres, des personnages, des histoires que nous avons lues. Nous nous sommes même amusées à écrire des livres. Moi j'en suis à mon second et Nathalie commence son troisième. »

Sandrine Perrone
84140 Montfavet

Sandrine et Nathalie, bravo pour votre vocation précoce d'écrivains ! Envoyez-moi donc l'un de vos romans et je vous dirai ce que j'en pense. Qui sait, vous figurerez peut-être un jour au nombre de nos auteurs célèbres !

Votre amie.

Christine Langlois

ÉCRIRE EN MAJUSCULES, MERCI CC AA

Mlle ☐ Mme ☐ M. ☐

Prénom

No Rue

Commune

Code postal : Bureau distributeur :

ÉCRIRE EN MAJUSCULES, MERCI CC AA

Mlle ☐ Mme ☐ M. ☐

Prénom

No Rue

Commune

Code postal : Bureau distributeur :

ÉCRIRE EN MAJUSCULES, MERCI CC AA

Mlle ☐ Mme ☐ M. ☐

Prénom

No Rue

Commune

Code postal : Bureau distributeur :

ÉCRIRE EN MAJUSCULES, MERCI CC AA

Mlle ☐ Mme ☐ M. ☐

Prénom

No Rue

Commune

Code postal : Bureau distributeur :

A renvoyer à :

EDIMAIL S.A.

Service Documentation N.A.

75785 Paris Cedex 16

Chères Amies

Mais oui...

Il est déjà temps de penser aux fêtes de fin d'année !

Chères amies,

Novembre est le mois où fleurissent sur les murs, dans les journaux, à la télévision, mille publicités pour les cadeaux de fin d'année.

Car, c'est vrai... Noël n'est pas si loin et vous devez déjà penser à votre budget cadeaux !

Et c'est à chaque fois le même problème : « Que vais-je offrir ? »

Savez-vous qu'il y a une solution facile, simple et pas chère de faire plaisir à tout le monde ? Offrez cinq, dix ou vingt livres de la Collection Harlequin emballés dans un joli papier cadeau... et jugez du résultat ! Si vous ne l'avez encore jamais fait, vous serez stupéfaite de la joie que vous répandrez autour de vous !

Oui, faire des cadeaux Harlequin, c'est offrir du plaisir, de l'amour, de l'évasion.

Pensez-y dès aujourd'hui soit en commandant les livres de votre choix, soit en les achetant chez votre libraire.

Et, très franchement, je suis sûre que vous serez nombreuses à m'écrire pour me remercier de cette bonne idée.

Bien amicalement

Christine Langlois

EDIMAIL S.A. 75785 Paris Cédex 16

Achevé d'imprimer en octobre 1982
sur les presses de l'imprimerie Bussière
à Saint-Amand (Cher)

— N° d'imprimeur : 1692. —
— N° d'éditeur : CC69. —
Dépôt légal : novembre 1982.

Imprimé en France